# 회귀의 절대자

**회귀의
절대자** 1

**초판 1쇄 인쇄일** 2016년 8월 24일 | **초판 1쇄 발행일** 2016년 8월 27일

**지은이** 원태랑 | **펴낸이** 곽중열 | **담당편집 팀장** 이범수
**편집부** 신연제 이윤아 홍현주 김유진 임지혜

**펴낸곳** (주)조은세상 | **출판등록** 제 2002-23호
주소  경기도 연천군 미산면 청정로 1355
TEL 편집부 02)587-2966 | FAX 02)587-2922
e-mail bukdu@comics21c.co.kr

ⓒ원태랑 2016
ISBN 979-11-5832-644-9 | ISBN 979-11-5832-643-2(set) | 값 8,000원

※잘못 만들어진 책은 바꿔 드립니다.
※저자와의 협의에 의해 인지는 생략합니다.

# 회귀의 절대자

**원태랑** 현대판타지 장편소설

NEO MODERN FANTASY STORY

# 회귀의 절대자

## CONTENTS
NEO MODERN FANTASY STORY

1. 프롤로그 ··· 7
2. 회귀. ··· 11
3. 생존도. ··· 25
4. 사냥. ··· 61
5. 세이프 존. ··· 87
6. 지옥도. ··· 123
7. 디케이. ··· 155
8. 검을 부탁해. ··· 177
9. 결투 아닌 학살. ··· 195
10. 격돌. ··· 211
11. 희망의 빛. ··· 241
12. 플레이어 VS 관리자. ··· 259
13. 나비효과. ··· 293

NEO MODERN FANTASY STORY

## 1. 프롤로그

회귀의 절대자

## 1. 프롤로그

 인류의 멸망이 시작되었다.

 수천 년 동안 쌓은 인류의 발전은 신이 내린 한줄기 빛으로 멸망했다.

 서로 싸우고 시기하는 인류를 벌하기 위해서 일까?

 신 또는 절대자라 불리게 된 자는 세상을 하나의 거대한 게임 세계로 만들어 버렸다.

 인류에게 레벨이 생겨나고 몬스터가 출몰하였으며 던전이 생겨났다.

 절대자는 세상을 통합 시켜 버렸고 세상의 유일한 지도자가 되어 버렸다.

 국가 간의 경계가 사라진 지금 절대자만이 인류의 새로운 신으로 탄생되었다.

　절대자라 칭한 자는 인류를 지배하였고 세상은 새로운 역사를 맞이하게 되었다.

NEO MODERN FANTASY STORY

2. 회귀.

회귀의 절대자

## 2. 회귀.

　절대자가 있는 천상계의 하늘이 붉게 물들어지고 있었다.

　땅 바닥에 누워 있는 자신의 후각으로는 짙은 피 냄새가 전해져 오고 있었다.

　한성은 몸을 일으켜 보려 했지만 차가운 바람이 허전함만을 전해주고 있었다.

　인류 최고의 실력자.

　인간의 절대자.

　절대자라는 신에게 맞설 수 있는 실력을 보유하고 있는 사내.

　10년 만에 인류의 모든 길드를 통합하고 절대자와의 최후 싸움에 선두에 선 사내.

최한성은 지금 벌판에 누운 채로 아무것도 하지 못하고 있었다.

떨어져 나간 두 팔과 두 다리는 아무런 감촉이 느껴지지 않고 있었다.

온 몸에서 피가 빠져나가는 것이 느껴지며 의식은 희미해지기 시작했다.

죽음.

수많은 생사의 위기를 넘겼지만 지금처럼 죽음의 사신이 눈앞에서 아른거린 것은 처음이었다.

대격변 후 인류의 문명이 멸망하고 수십 년.

세상의 말세를 알렸던 절대자의 출현에도 인류는 살아남았다.

기존의 세상과는 완전 다른 세상이 열렸지만 인류는 적응했고 레벨을 향상시켰으며 길드를 만들고 성장의 성장을 거듭했다.

모든 변화의 근원인 절대자를 잡기 위해 인류가 힘을 합친 지금 인류는 또 다른 멸망을 초래하고 있었다.

인간의 가장 무서운 적은 바로 인간이었다.

절대자를 없애고 인간의 세상을 다시 만들겠다는 노력은 물거품이 되었다.

한성의 눈앞으로는 자신의 죽음보다 더 비참한 상황이 펼쳐지고 있었다.

인류의 마지막 희망이 사라져 가고 있었다.

절대자를 응징하기 위해 전 대륙에서 모여든 일곱 개의 대 길드는 산산조각이 나 버렸다.

절대자의 힘이 아닌 배신한 네 개의 길드에 의해 절대자의 탑에 들어가지도 못한 채로 인류는 처참하게 서로를 죽이고 있었다.

어렵게 오랜 시간동안 수많은 희생을 치르고 이곳까지 왔지만 더 이상은 갈 수 없었다.

눈앞에서 동료들 끼리 서로를 죽이고 있는 모습이 보이는 가운데 먼 앞에 절대자의 탑이 보이고 있었다.

인류를 파멸의 구렁텅이에 빠지게 하고 모든 악의 근원인 절대자가 있는 탑은 인간들의 싸움을 비웃기라도 하듯이 바라보고 있었다.

절대자가 눈앞에 있었지만 더 이상 다가갈 수는 없었다.

모든 것이 끝났다는 듯이 천천히 자신에게 다가오는 발걸음 소리가 들렸다.

자신을 배신한 네 명의 사내가 모습을 드러냈다.

일곱 개의 길드 중 배신한 길드들의 길드 마스터들.

자신에게 죽음이라는 공포를 주기 위해서인지 앞으로 살아남을 자들에게 겁을 주기 위해서인지 몰라도 이들은 의도적으로 자신을 즉사 시키지 않았다.

최후의 순간이 가까워 졌다는 듯이 눈앞에 나타난 배신자들의 얼굴이 흔들려 보이고 있었다.

몸의 모든 기능이 마비되는 가운데 청각만큼은 더욱더 또렷해지고 있었다.

배신자들이 자신을 내려다보며 말했다.

"초라하네. 이것이 지상에서 가장 강한 사내의 말로라니. 쯧쯧쯧."

"하늘에 오른 자 지금은 땅을 기고 있구나. 낄낄."

"너무 강했던 거야. 너무 강해서 인간들에게 질투와 시기 그리고 두려움을 주었기 때문에 이런 결과가 나온 거지."

비웃음과 한탄이 뒤섞여 들려오고 있었다.

이들은 절대자를 없애기 보다는 절대자를 신으로 받아들여 순응하며 살겠다는 쪽을 선택했다.

마지막으로 네 명의 배신자 중 아직까지 마지막 배신자의 목소리가 들려왔다.

"우리가 절대자를 쓰러뜨리고 자네가 입버릇처럼 말한 인간의 세상을 만든다면 우리는 무엇이 되겠는가? 지금 누리고 있는 모든 권력과 힘을 놓아야 할 것이네. 우리는 그런 쪽 보다는 절대자에게 순응하며 우리의 기득권을 놓지 않는 쪽을 택했다네."

온 몸에 소름이 돋으며 한성은 자신의 과오를 깨달았다.

가장 무서웠던 것은 절대자가 아닌 인간의 탐욕이었다.

절대자는 이 사실을 알고 있던 것 같았다.

남 보다 우월하기를 원하는 인간에게 평화는 존재할 수 없었다.

수천 년의 인류 역사 동안 전쟁이 없었던 적은 사실상 없었다.

인류는 끊임없이 서로 경쟁하고 전쟁을 하였으며 서로를 증오하고 죽였다.

절대자 같은 신의 힘을 가지고 있는 자가 만드는 세상이야 말로 인류가 평화롭게 살 수 있는 유일한 길이라는 사실을 절대자는 증명해 보이고 있는 것 같았다.

이제 최후의 순간이 다가오는 것을 느꼈다.

앞이 보이지 않고 있었지만 눈만은 똑똑히 뜨고 있었다.

죽어서라도 자신은 이들을 기억하겠다는 듯이 부릅뜬 눈에 배신자들은 냉소를 머금었다.

그때였다.

한성의 눈썹이 꿈틀거렸다.

자신을 내려다보고 있는 자들은 볼 수도 없고 들을 수도 없었지만 한성의 귀로는 똑똑히 들려오고 있었다.

[회귀 스킬 자동으로 세팅 되었습니다. 죽음과 동시에 발동합니다.]

자신이 발동시키지 않았음에도 패시브로 세팅이 되어 있다는 듯이 기계음은 생생하게 귀로 들려오고 있었다.

'회귀?'

의식이 사라지는 것과 동시에 머릿속으로 그 동안 한 번도 사용하지 못했던 스킬이 작동되는 것이 들려왔다.
[패시브! 회귀 스킬 작동합니다!]

❖

눈을 떴다.
바다 냄새가 전해져오는 것과 동시에 귀로는 파도 소리가 들려왔다.
'움직인다!'
조금 전 까지 떨어져 나갔던 팔과 다리가 움직이는 것이 느껴졌다.
감각이 없었던 발끝에는 모래의 감촉이 전해져 오고 있었고 온 몸을 스쳐가는 바닷바람이 자신의 회귀를 반겨주고 있었다.
'성공!'
자신이 각성자가 되었을 때부터 가지고 있었던 회귀 스킬 이라는 스킬은 어떻게 사용하는 지도 사용한 적도 없었던 스킬 이었다.
한성의 기억 속에서 조차 사라져 있던 회귀 스킬은 죽음과 동시에 자신을 과거로 돌아오게 했다.
회귀가 성공했다는 것에 기뻐할 새도 없이 주변이 눈에 들어왔다.

주변이 흔들거리며 잔잔한 파도가 밀어들고 있는 바다가 보이고 있었다.

들어오는 배들과 나가는 배들이 보이고 있었고 오래전 보았던 것 같은 항구의 모습이 보이고 있었다.

한성의 시선이 항구로 향했다.

항구에서는 사람들이 내리고 있었고 멀리 수 십척의 배들이 달아나듯이 돌아가고 있는 모습이 보이고 있었다.

한성이 움직이려는 순간 이었다.

'으음?'

철컹 거리는 소리와 함께 무언가 자신의 다리를 붙잡고 놓아주지 않고 있었다.

아래쪽을 바라보자 다리를 붙잡고 있는 묵직한 쇠사슬이 보이고 있었다.

마치 죄수처럼 열 댓명을 동시에 묶어 놓은 듯이 한 쇠사슬은 한성의 몸을 붙잡고 있었다.

다리에 힘을 주어 보았지만 쇠사슬은 끊어지지 않고 있었다.

'끊어지지 않는다!'

이 정도 두께의 쇠사슬이라면 가볍게 끊어 버릴 수 있을 거라 생각했지만 어찌된 일인지 자신의 힘은 쇠사슬을 끊어 버리지 못하고 있었다.

'상태창!'

마음속으로 현 상태를 살펴보려 했는데 상태창은 전혀

보이지 않고 있었다.

마치 각성하기 전으로 돌아온 듯이 자신의 체력과 상태를 알 수 있는 상태창은 열 수 조차 없는 상황이었다.

아직 주변 환경을 확인조차 하지 않았지만 상태창을 열 수 없다는 사실 하나만으로 자신이 어떤 시기인지는 알 수 있었다.

'각성 전이다.'

아직 자신은 각성자로 각성하기 이전이었으니 아직 레벨을 얻을 수조차 없었고 스킬창을 확인할 수조차 없었다.

'능력은?'

회귀는 성공했지만 자신이 가지고 있던 스킬이 고스란히 돌아왔는지는 알 수 없는 노릇이었다.

상태창을 열 수 없는 상황으로 미루어 보아 아직 레벨 1도 달성하지 못한 것으로 보였으니 지금 당장 상황을 파악할 수는 없었다.

회귀의 성공에 이어서 자신의 능력이 고스란히 전해져 왔다면 더할 나위 없이 반가웠겠지만 지금 상황에서는 스킬이나 상태를 확인하는 것조차 불가능했다.

그때였다.

여자들의 흐느껴 우는 소리가 들려왔다.

"흐흐흑!"

"흑흑. 엄마. 구해줘."

그제야 주변의 광경이 눈에 들어왔다.

피난을 가는 피난민처럼 모래사장에는 수천의 사람들이 모여 있었다.

자신은 가장 앞쪽에 있었는데 주위를 보자 하나 같이 끌려온 듯이 이들이 죄수처럼 쇠사슬을 다리에 찬 채로 묶여 있었다.

남녀노소 가릴 것 없이 다양한 사람들이 모여 있는 광경은 단번에 지금의 상황을 알 수 있게 했다.

'아! 그 날이다!'

다리에 묶여 있는 쇠사슬과 눈앞에서 감시를 하는 듯이 눈을 부라리고 있는 사내들의 모습에서 지금이 어떤 상황인지는 알 수 있었다.

지금 자신은 처음 각성자로 태어난 날로 돌아온 상황이었다.

각성자.

문명의 현대 세계가 멸망하고 세계는 하나의 거대한 게임 사회가 되었다.

스킬, 아이템, 초인의 능력, 상태창 등 게임에서나 가능한 일들이 실제 현실에서 일어나게 되었는데 그 능력을 얻기 위해서는 바로 각성을 해야 했다.

그리고 바로 오늘이 각성자가 되는 시험의 날이었다.

주변에서 흐느끼고 있는 여자들을 향해 거친 목소리가 들려왔다.

"시끄럿! 재수 없게 울지 마!"

사람들의 신경은 날카롭게 바뀌어져 있었다.

날카로운 외침도 두려움을 막을 수는 없었다.

"살려줘."

"우리 이제 죽는 거야?"

아직 시작조차 하지 않고 있었지만 상당수의 여자들은 이미 체념한 듯이 보이고 있었다.

체념을 한 자가 있다면 벌써부터 살기 위해 몸부림치는 자들도 있었다.

"시작하면 같이 행동하자고! 같이 힘을 합치면 해 낼 수 있어!"

"어렵게 얻은 정보에 따르면 세이프 타워가 나온데! 그걸 찾아!"

절대자의 등장으로 새로운 세상이 탄생된 후.

국방, 교육, 납세, 근로의 의무에 이어 전 세계 국민들에게는 하나의 의무가 추가 되었다.

바로 각성의 의무.

원하던 원하지 않던 절대자에게 의해 선택된 인물들은 각성의 의식을 치러야만 했다.

지금 죄수처럼 모여 있는 이들이 바로 각성의 의식을 치룰 자들.

이들이 바로 랜덤으로 선출된 자들이었다.

절대자는 부자나 가난한 자나 남녀노소 장애인등 전혀 차별 없이 랜덤으로 각성자들을 선출했는데 만일 한 명이 이탈을 할 경우 삼대를 멸하며 추가로 랜덤으로 천명을 죽여 버리는 혹독한 벌을 내렸다.

각성의 의무는 아무리 돈이 많더라 하더라도 피할 수 없는 의무였고 지위 고하를 막론하고 각성자 후보로 선출된 이상 그 누구도 피할 수는 없었다.

이미 모래사장에는 수천의 사람들이 있었지만 아직도 배들은 끊임없이 항구를 향해 각성 테스트를 받을 사람들을 실어 나르고 있었다.

연이어 배들이 도착하고 있는 가운데 한성은 몸을 돌려 100일간의 지옥을 경험할 무대를 확인해 보았다.

잊을 수 없었던 섬이 보이고 있었다.

자신을 비롯하여 수많은 각성자들이 태어난 곳.

또한 그 보다 수천수만 배는 많은 각성자들이 죽은 곳.

생존도가 바로 눈앞에서 모습을 드러내고 있었다.

NEO MODERN FANTASY STORY

**3. 생존도.**

## 3. 생존도.

생존도.

말 그대로 생존을 위한 섬.

동아시아에서 유일하게 각성을 할 수 있는 곳.

해마다 절대자는 전 세계 인류들 중에서 랜덤으로 1400만명을 선출하였는데 자신이 선출된 시기는 바로 27세였다.

즉 지금 자신은 27세의 자신으로 돌아온 것이고 지금 처음으로 각성자 테스트를 받게 되는 상황이었다.

회귀를 한 충격에서 깨어나기도 전에 자신의 기억들은 퍼즐처럼 머릿속에서 맞추어지고 있었다.

'기억난다.'

아주 오래 전의 기억이었지만 처음 각성자로 태어나기 위한 강렬했던 기억 탓에 주변 상황은 아직까지도 생생하게 남아 있었다.

1400만명중 자신이 테스트를 받은 생존도로 끌려온 이들은 1만 2000명.

자신이 기억하기로는 분명 12지역구에서 생존에 성공한 자들은 불과 150명이었다.

1만 2000명중 150명.

대략 1%의 확률이었지만 실제 살아남은 자들의 대부분은 편법을 이용해서 생존한 자들이었고 실력으로 살아남은 자는 30명 정도에 불과했다.

자신은 온갖 고생 끝에 생존하기는 했지만 꽤 심각한 부상을 입었었고 그 후우 증으로 약 일 년간 병원 신세를 지었어야만 했었다.

오래전 기억을 회상하고 있을 때 어느덧 사람들을 실어 나르기 시작한 배들은 더 이상 항구에 보이지 않고 있었다.

이건 모든 선출자들이 도착했다는 것을 의미했다.

미리 도착했었던 사람들의 시선은 하나 같이 마지막으로 도착한 사람들에게 향했다.

육지로부터 생존도로 도착한 사람들 아니 플레이어들은 해변가로 끌려오기 시작했다.

노예를 연상케 하는 듯 이 플레이어들은 앞 사람의 어깨에 두 손을 올린 후 발목을 붙잡고 있는 쇠사슬을 끌며 해변가로 안내되어 왔다.

마지막 플레이어들이 도착하는 것과 동시에 한쪽에서 중무장을 한 사내들이 모습을 드러내고 있었다.

총 대신 검을 들고 있고 방탄복 대신 갑옷을 입고 있는 사내들은 플레이어들을 포위 하듯이 진형을 갖추고 있었다.

이들이 주는 중압감은 플레이어들에게 전해져 왔고 모두가 도착하자 기계음이 사방으로 울려 퍼졌다.

[전원 도착! 잠금 해제!]

모든 플레이어들이 바닷가에 도착하자 신호와 함께 다리에 묶였던 사슬이 풀렸다.

자유롭게 몸을 움직일 수 있었지만 두려움에 찬 플레이어들은 제 자리에서 움직일 줄 모르며 눈앞에 나타나고 있는 사내들에게 시선을 집중시키고 있었다.

교관. 또는 정예 가디언.

교관이라고 불리고는 있지만 실제 이들은 NPC나 다름없는 정예 가디언들이었다.

생존도에서 상승할 수 있는 최대 레벨인 40레벨을 딜성한 자들로 상당한 스킬까지 갖추고 있는 이들은 지금 이곳에 있는 성인 남자 천명이 달려들어도 어림도 없을 실력을 갖추고 있는 자들이었다.

일종의 공무원.

다만 국가 소속이 아닌 절대자에 의해 선출된 절대자만을 위한 공무원들 이었다.

이들 역시 오래 전 각성 시험을 통과한 자들로서 모두의 선망이 되는 권력을 누리고 있는 자들이었다.

대략 7, 8급의 계급을 가지고 있는 이들은 절대자가 만든 룰에 맞추어 생존도의 플레이어들을 관리하는 역할을 담당하고 있었다.

두려움과 흐느낌이 교차되고 있는 가운데 하늘로는 커다란 영상이 펼쳐지고 있었다.

모두의 시선이 하늘로 향했고 영상에는 교관 중 계급이 높은 자의 모습이 보이고 있었다.

교관의 목소리가 들려왔다.

"규칙은 간단하다. 100일 동안 생존할 것. 각성자 아카데미를 다녀본 자들은 기본 지식은 있을 거다. 최대한도로 낮은 레벨의 몬스터를 잡아 레벨을 올리고 스킬북을 얻는 것을 최우선적으로 할 것. 몬스터의 침입이 불가한 세이프 존을 기지로 삼고 몬스터에게 쫓기게 되거든 세이프 존에 있는 가디언에게 달리도록. 명심해라. 레벨이 높은 자가 이기는 게 아니고 살아남는 자가 이기는 거다."

얼핏 보면 도와주고 있는 것처럼 보이지만 각성 테스트가 끝날 무렵 이들과 끔찍한 일이 일어날 거라는 사실은 이때는 미처 알지 못하고 있었다.

교관의 목소리가 끝나는 순간 영상에서는 비웃음 소리가 이어져 왔다.

"킥킥킥! 쓸데없는 말 할 필요 없다. 어차피 될 놈은 되고 안 될 놈은 안 되니까 말이야."

한쪽에서 들려온 목소리에 교관은 놀라며 한 구석으로 물러났다.

가장 높은 위치에 있는 자가 나왔다는 듯이 교관들은 일렬로 물러서며 경계를 하고 있었다.

목소리가 들려온 쪽에서 사십대 후반으로 보이는 뚱뚱한 사내 한명이 앞으로 나왔다.

절대자에 의해 전 세계가 통합된 후 세계는 12개의 지역구로 나뉘게 되었는데 눈 앞에 나타난 뚱뚱한 자가 바로 이곳의 책임자였다.

한성의 얼굴이 찡그려졌다.

'보기 싫은 얼굴을 또 보게 되었군.'

사도 마승지.

대한민국, 북한, 일본, 대만이 속해 있는 12구역을 통괄하는 인물.

각국은 아직도 대통령을 비롯한 지도자들이 존재했지만 사실상 그들 보다 더 높은 직위에 있는 자기 있었다.

그들이 바로 절대자가 임명한 12명이었는데 이들을 사도라 칭했다.

마승지 역시 12명의 사도 중 한명이었다.

대통령 이상 가는 권력을 누리고 12구역 내에서는 절대적인 힘을 가진 자 이었는데 문제는 다른 11명처럼 이 자 역시 상당히 포악하고 악랄한 인물이었다.

이 자는 앞으로 20년 이상 악행을 저지르고도 별 문제 없이 현역에서 온갖 부귀를 누린 사내였다.

수 많은 암살 시도도 그를 죽이지 못했고 훗날 대혁명이 일어날 때 역시 살아남았었다.

30년쯤 지난 후에야 은퇴 후 평온하게 생을 마감하였는데 그때까지 이 자로부터 고통 받은 자들은 수도 없이 많았다.

자신의 기억대로 마승지는 흐뭇한 미소를 짓고 있었다.

마치 자신이 절대자가 되어 살려달라는 눈빛을 보내고 있는 플레이어들의 모습이 즐거운 듯이 그의 입가에는 큰 미소가 걸려 있었다.

마승지의 시선이 플레이어들을 향했다.

눈앞에서 부들거리며 떨고 있는 플레이어들을 재미있다는 듯이 바라본 마승지는 천천히 화면 앞으로 모습을 드러냈다.

모두의 시선이 그에게 향했다.

저 자의 말 한마디에 생사가 결정되는 지금 이곳에서는 저 자가 신이나 마찬가지였다.

마승지가 말했다.

"이곳에 서 있는 네놈들은 인간이 아니다. 플레이어지. 즉 인권이라는 것은 없다."

마승지의 말은 확성 스킬을 통해서 사방으로 울려 퍼지고 있었는데 몇몇 이들은 아직까지 수근 거리고 있었다.

"이 자가 하는 말 끝나면 시작이야. 명심해 세이프 타워를 찾아 뛰어!"

플레이어 중 몇몇은 살기 위한 몸 부림을 치고 있었는데 자신이 말을 하는 것에 누군가 수군거리는 것이 거슬렸는지 마승지는 얼굴을 찌푸리며 가볍게 손가락을 튕겼다.

촤아아앗!

가볍게 튕긴 손가락에서 구슬 모양의 마나구가 뻗어져 갔다.

가볍게 튕긴 손가락이었지만 손가락에서 뻗어나간 마나구는 정확하게 사내의 이마 중앙을 관통했다.

퍼어억!

이마가 관통되는 장면과 소리는 허공에 떠 있는 거대 화면을 통해 생생하게 울려 퍼졌다.

총알에 맞은 것처럼 이마가 뚫린 사내는 비명 조차 지르지 못하고 죽어 버렸고 주변에서는 놀란 비명 소리가 울려 퍼졌다.

"꺄아아악!"

"주, 죽었어!"

비명소리가 해변가에 울려 퍼지는 가운데 사람이 죽었지만 교관들과 마승지의 표정에는 전혀 변화가 없었다.

마승지가 손가락을 내 보이며 말했다.

"<u>흐흐흐.</u> 또 떠드실 분?"

손가락에서 흐르고 있는 붉은 마나의 기운에 순식간에 사람들의 비명은 사라지고 사람들은 꿀 먹은 벙어리가 되었다.

이런 플레이어들의 태도가 마음에 드는 듯이 마승지가 흐뭇한 표정을 지으며 말했다.

"지금 난 사람을 죽였지만 그 누구도 나를 처벌할 수는 없다. 왜냐면 이곳에서 나는 신이니까. 현실의 법이 통용되지 않는 것은 너희들에게도 마찬가지. 이 섬에서는 그 누구를 죽여도 용납이 되며 처벌이라는 것은 없다. 이곳에서 제일 멍청한 놈은 지 분수를 모르고 타인을 생각하는 놈이다. 이곳에서는 능력 있는 놈만 살 수 있으니 최대한 많이 죽이고 죽여!"

마승지의 말에 한성의 눈썹이 꿈틀거렸다.

마승지를 극도로 싫어했지만 지금 마승지의 말은 부인할 수 없는 말이었다.

과거 자신은 마승지의 말처럼 다른 이들의 죽음을 철저히 외면했고 자신만을 위해 검을 휘두르고 휘둘렀었다.

그 결과 자신은 살아남았고 결국 최강자의 자리까지 오를 수 있었다.

다만 자신은 오랜 시간 후 끝내 배신을 당해 비참한 최후를 맞이하였다.

말을 마치려던 마승지는 무엇인가 생각이 난 듯이 말했다.

"세이프 존에 가면 자세한 정보를 얻을 수 있다. 섬에 관한 건 설명하기 귀찮으니 NPC에게 확인하도록. 또한 난 남녀 차별 한다. 여자들 중에서 나랑 같이 놀아주면 살려준다. 단 나이 들고 못생긴 년들 제외. 미녀들 중에 살고 싶으면 NPC에게 포기를 신청하도록! 뭐 여자로서 치욕을 겪게 되며 죽는 것 보다 더 비참해 질 수 있지만 말이야. 큭큭!"

눈앞에서 덜덜 떨고 있는 플레이어들이 재미있다는 듯이 마승지는 조롱조로 말하고 있었다.

'미친새끼.'

플레이어들은 모두 다 똑같은 생각을 가지고 있었다.

이런 자가 최고 권력자 중에 한명이라는 사실에 한탄을 금할 길이 없었지만 절대자는 의도적으로 최악의 인물을 임명했다.

절대자가 만든 세상을 찬양하는 자들도 있었지만 몇몇 인간들은 반기를 들었고 저항군 또는 혁명단이라는 이름으로 비미한 저항을 하고 있었다.

아직까지는 극소수의 저항이었지만 곧 절대자의 비밀이 밝혀지고 몇 년 후 세상은 절대자에게 대항하는 대규모 길드가 창설되어졌다.

절대자의 비밀을 알기 전 까지 한성 역시 충실한 공무원이었는데 그 역시 대혁명이 일어 난 후 혁명단의 우두머리가 되었었다.

마승지는 더 이상 길게 말하지 않겠다는 듯이 연설을 끝내기 시작했다.

"뭐. 어차피 살 놈은 살고 죽을 놈은 죽을 테니. 알아서 하도록. 그럼 시작하지."

과거에는 무엇을 해야 할지. 어떻게 해야 할지 막막했지만 지금은 그때와는 달랐다.

'나의 스킬은? 돌아 왔을까?'

각성자로 태어나는 것은 지금 이지만 실제로 자신이 최고 실력자가 되기까지는 20년이 넘는 시간이 필요했다.

최고의 스킬들과 장비로 무장하는 데에 20년이라는 세월이 걸렸고 길드들을 통합하고 절대자에게 대항을 한 시기는 추가로 10년이 필요했다.

만일 자신의 스킬이 그대로 전해되어 왔다면 그 시간은 단번에 단축시킬 수 있을 것이 분명했다.

'일단은 살아야 한다!'

지금 자신은 눈 앞에 보이는 그 어떤 교관 하나도 제압하지 못할 상황이었고 곧 만나게 될 레벨 1짜리 몬스터에게도 죽을 수 있을 정도로 약한 상태였다.

그때였다.

마승지가 시작을 알리자 기계음이 모든 플레이어의 귓속으로 파고들었다.

[생존도에 오신 것을 환영합니다. 지금부터 시작하겠습니다. 각성!]

촤아아아앗!

모든 플레이어들의 몸에서 빛이 번쩍였고 이제 레벨과 스킬을 익힐 수 있는 각성자로 태어났다.

[지금부터 시작입니다!]

시작을 알렸지만 플레이어들은 무엇을 해야 할지 어디로 가야할지 막막하다는 듯이 주위의 눈치를 바라보고 있을 뿐이었다.

몇몇 정보를 알고 있는 자들만이 세이프 타워를 찾으려 고개를 두리번거리고 있었고 대다수의 플레이어들은 아직도 자신의 몸에 남아 있는 각성자의 불꽃이 신기하다는 듯이 매만져 보고 있었다.

두려움과 초초함이 교차되고 있는 상황이었다.

모두들 자신들의 몸을 살펴보고 있는 가운데 한성은 발 밑의 모래를 살피고 있었다.

첫 번째로 출현하는 몬스터는 이미 알고 있었다.

'샌드맨.'

스르르릇!

기억대로였나.

자신의 기억 그대로 모래는 살아 있는 생명체처럼 흐물거리고 있었다.

모래가 솟구치기 시작했다.

모래가 솟구치는 것과 동시에 모래들은 점점 쌓이며 이내 사람 모양의 형상이 등장하기 시작했다.

"꺄아아악!"

샌드맨의 출현은 빨랐다.

귀를 때리는 여자들의 음성과 함께 순식간에 모래밭은 수천, 아니 수만의 샌드맨들이 나타나기 시작했다.

"으아아아! 괴물이다!"

해변에 보이고 있는 셀 수 없이 많은 모래알갱이들은 모조리 샌드맨을 만든다는 듯이 샌드맨은 쉴 새 없이 등장하고 있었다.

아무런 무기도 없고 레벨도 얻지 못한 가운데 갑작스럽게 나타난 샌드맨의 모습에 사람들은 괴성을 지르고 달아나기 시작했다.

사방으로 흩어지고 있는 플레이어들이 재미있다는 듯이 교관들은 킥킥 거리고 바라보고 있었다.

급격하게 놀라는 상황에서 그 누구도 교관의 비웃음을 볼 수조차 없었지만 한성은 교관들이 비웃는 이유를 알고 있었다.

현재 상황에서 샌드맨은 시끄러운 괴성을 내지르며 요란하게 행동하는 능력만 있을 뿐 사실상 공격 능력은 없었다.

오히려 1단계에 불과한 샌드맨은 시작하는 플레이어들에게 도움을 주는 몬스터라 할 수 있었다.

갑작스럽게 나타난 몬스터에 사람들이 놀라고 있는 사이 한성은 주저 없이 자신의 주먹을 샌드맨의 심장을 향해 가격했다.

푸우욱!

모래성에 손을 넣은 듯이 자신의 손이 깊숙이 샌드맨의 심장에 꽂히자 처참한 비명 소리가 울려퍼졌다.

"우캬캬캬야!"

샌드맨의 비명 소리도 아랑곳없이 한성은 샌드맨의 몸속에서 무언가를 찾는 듯이 손을 휘저었다.

"꾸에에에엑!"

비명소리가 들려오며 샌드맨이 바동거리는 가운데 한성의 손에는 모래만이 만져지고 있었다.

'없다!'

텅 빈 한성의 손이 샌드맨 몸 밖으로 나오는 순간 샌드맨은 허무하게 모래 알갱이로 바뀌며 모래 사장으로 돌아갔다.

곧바로 한성은 다른 샌드맨을 향해 주먹을 내질렀다.

샌드맨 역시 주먹으로 한성의 몸을 가격했으나 한성은 전혀 개의치 않았다.

샌드맨의 모래 주먹은 한성의 몸에 전혀 타격을 주지 못했고 오히려 한성의 머리를 가격한 샌드맨의 주먹은 그대로 부서지며 모래알갱이가 되어 버리고 있었다.

한성은 무언가를 찾는 다는 듯이 정신없이 주먹을 휘두르며 샌드맨의 심장을 향해 주먹을 꽂았는데 연이어 모래의 감촉만이 전해지는 가운데 드디어 딱딱한 무언가가 만져지는 것이 느껴졌다.

'이거다!'

한성은 딱딱한 물체를 그대로 잡아 샌드맨 몸속에서 빼어 내었다.

"우웨에에에!"

심장이 떨어져 나간 듯이 괴성을 내지른 비명과 함께 한성의 손에는 몽둥이가 들려있었다.

샌드맨의 몸에서 몽둥이가 빠져나오는 순간 샌드맨은 비명을 내지르며 모래가 되어 모래 사장으로 돌아갔고 기계음이 울려 퍼졌다.

[무기 획득! 막대기 획득했습니다.]

곧바로 귀를 때리는 또 다른 기계음들이 연이어 이어졌다.

[레벨 1!]

[인벤토리창 획득!]

[상태창 공개!]

레벨이 오르며 인벤토리를 획득했다는 알림과 함께 상태창이 열렸다.

이름: 최한성
레벨: 1
체력: 51
힘: 11
방어력: 5

체력과 동시에 획득한 무기의 상태가 눈에 보였다.

획득 무기.

〈생존도 몽둥이〉
공격력: 3-7
등급: 쓰레기
설명: 말 그대로 쓰레기. 설명 필요 없음.

몇몇 플레이어들은 얻은 무기 창과 허공에 보이고 있는 상태창이 신기하다는 듯이 바라보고 있었지만 한성은 달랐다.
어차피 샌드맨 따위가 주는 무기야 기대할 가치가 없었다.
한성이 원한 것은 주먹으로 샌드맨을 잡는 것 보다 더 빠른 속도로 경험치를 쌓을 수 있는 무기를 원했던 것이다.
몽둥이의 상태 능력은 살펴보지도 않은 채 가차 없이 내려찍기 시작했다.
퍽! 퍽! 퍽!
주먹에도 무너졌던 샌드맨에게 몽둥이가 떨어지자 샌드맨의 몸이 폭파되듯이 사방으로 모래가 튀어 올랐다.

위력이야 별 볼일 없었지만 주먹으로 치는 것 보다는 레벨 상승에 가속도가 붙기 시작했다.

현 상태에서 스탯이나 아이템 따위는 아무런 관심도 없었다.

레벨업은 시간의 문제의 문제였을 뿐 달성하기가 어려운 것이 아니었다.

체력과 힘은 레벨업만 꾸준히 한다면 얼마든지 올릴 수 있었고 생존도에서 나오는 아이템 중에 끝까지 가져갈 만한 아이템은 존재하지 않았다.

가장 중요한 것은 스킬.

'스킬만 돌아왔다면 레벨 따위는 아무것도 아니다!'

스킬 만큼은 달랐다.

기본 스킬이 아닌 이상 스킬은 반드시 스킬북을 통해서 얻어야만 했는데 상위 스킬북을 얻는다는 것은 상상을 초월할 정도로 힘든 일이었다.

아무리 자신이 기억을 가지고 회귀를 했다 하더라도 다시 똑같은 스킬을 익힐 자신은 없었다.

자신이 보유했던 스킬들은 상상을 초월하는 금액과 수많은 레이드를 통해서 익힌 스킬들이었는데 그 고생을 다시 한다 하더라도 반드시 획득한다는 보장은 없었다.

상태창과 인벤토리창이 등장했지만 아직 스킬창은 떠오르지 않고 있었다.

'스킬창 부터!'

스킬창을 획득하는 것은 레벨 3부터였다.

한성은 한시라도 빨리 레벨을 올리고 싶다는 듯이 정신없이 몽둥이를 내리쳤다.

팍! 팍! 팍!

몽둥이를 내리 칠 때 마다 샌드맨이 터지며 아이템 획득되는 소리가 들려왔다.

[2 G 포인트 획득했습니다!]

[1 G 포인트 획득했습니다!]

[몽둥이를 획득했습니다!]

간간히 G 포인트와 몽둥이 아이템이 튀어 나왔지만 한성은 눈길조차 주지 않고 있었다.

한성이 원하는 것은 오로지 레벨 뿐이었다.

스킬창을 열 수 있을 때까지는 한시라도 빨리 몬스터를 때려 잡아 레벨을 올리는 것이 우선이었다.

한성이 쉴 새 없이 몽둥이를 휘두르며 샌드맨을 때려잡고 있을 때 곁에 있던 플레이어들 역시 샌드맨을 가격하고 있었다.

아직 대다수가 갑작스럽게 나타난 샌드맨에 놀라 있는 상황이었지만 몇몇 플레이어들은 샌드맨이 위협을 가할 수준이 아니라는 것을 알아 차렸다.

특히나 각성자 아카데미에서 훈련을 받은 자들은 약간의 배경 지식을 가지고 있었고 몬스터가 주는 아이템이 유용하다는 사실을 알고 있었다.

"이거 죽이면 아이템 나와!"

"모두 샌드맨을 때리세요!"

샌드맨에게서 아이템을 얻을 수 있다는 사실을 안 플레이어들은 너나 할 것 없이 샌드맨을 가격하기 시작했다.

모래 알갱이로 변하며 무너져가는 샌드맨에게서 갖가지 아이템들이 떨어지기 시작했다.

아이템들은 빛이 되어 획득한 플레이어들의 인벤토리 속으로 들어가기 시작했고 곧바로 플레이어들은 신기한 듯이 획득한 아이템들을 바라보고 있었다.

"우와 무기다!"

"정수가 나왔다!"

"이거 별것도 아니야!"

"발로 대충 치면 부셔지는데?"

"G포인트를 얻었다고 하는데 이거 어디에 쓰는 거야?"

사람들은 어느새 겁을 먹지 않고 사냥에 집중하고 있었는데 한성은 고개를 흔들었다.

이들 플레이어들이 모르고 있는 사실이 하나 있었다.

샌드맨은 으깨진 후 재생하였는데 한번 재생할 때 마다 부드러운 모래와 같았던 몸은 더욱더 견고해 졌다.

즉 지금 죽고 있는 샌드맨은 곧바로 재생되며 더 강화되어 나타나게 되는 셈이었다.

'벌써 대부분이 2단계다.'

플레이어들은 샌드맨의 변화를 눈치 채지 못하고 있었지만 자세히 보면 샌드맨의 이마에 줄이 그려져 있었다.

한 단계를 높게 강화 될 때 마다 샌드맨의 이마에 한 개의 줄이 추가되며 그려졌고 두 번의 결합까지는 크게 위협적이지 못했지만 세 번 부터는 달랐다.

세 번 부터는 굳은 진흙 수준으로 단단해졌고 그때 부터는 지금처럼 쉽게 상대할 수 없었다.

세 번째 부터는 샌드맨은 일정 시간이 지나면 자동으로 자폭을 하고 재결합을 하였으며 네 번째 부터는 자폭을 하고 재결합 하는 속도가 더욱더 빨라졌다.

'최고 단계는 5단계.'

샌드맨이 마지막 레벨인 5단계 레벨이 되면 골렘이 되었으며 몸은 바위처럼 단단해졌다.

지금이야 모래 주먹이지만 조금만 지난다면 바위 주먹이 될 거라는 사실을 한성은 알고 있었다.

조금만 시간이 지나면 샌드맨은 저 렙의 플레이어들은 전혀 상대할 수 없는 상황이 될 것이고 지금 최선의 방법은 잡을 수 있을 때 하나라도 더 많은 아이템을 획득하는 것이 우선이었다.

정신없이 샌드맨의 몸을 향해 막대기를 내리치던 도중 G 문양이 그려진 징표 하나가 획득되었다.

[징표 획득하셨습니다. 10 G 포인트로 바꿀 수 있습니다.]

아직 대다수의 플레이어들은 모르고 있었지만 G 포인트는 생존도의 화폐였다.

꽤 많은 G 포인트가 쌓였지만 한성의 관심은 아니었다.

인벤토리에 G 포인트가 쌓인 것을 확인할 새도 없이 한성이 사냥을 계속하려는 순간 이었다.

"캬오오옷!"

샌드맨의 비명소리가 날카롭게 바뀌었다.

지금 까지는 인간들의 공격에 의해 내지른 비명이라면 지금의 괴성은 인간들을 잡겠다는 샌드맨의 공격을 알리는 비명이었다.

한성의 얼굴이 굳었다.

'3단계.'

세 번째 결합. 즉 지금 부터가 인간들에게 위협을 주는 존재였다.

"우와아앗! 이놈은 제법 아픈데?"

"이거 단단해 졌는데?"

"아까처럼 안 죽어!"

샌드맨의 반격이 시작되었다.

이미 몇 번의 재결합을 한 샌드맨은 바위처럼 굳은 상황이었고 돌주먹이 플레이어 한명의 머리를 날려 버렸다.

지금 부터는 모래 주먹이 아니라 돌 주먹이었다.

지금까지 보이지 않았던 인간들의 붉은 피가 보이기 시작했다.

샌드맨의 주먹에 맞은 인간의 얼굴에 피가 튀기 시작했고 플레이어의 비명은 비극의 시작을 알렸다.

"아아악!"

조금 전까지만 하더라도 샌드맨을 사정없이 두들겨 패고 있던 플레이어들은 당황하기 시작했다.

사방에서 피가 튀어 오르고 있었고 곧바로 샌드맨의 비명 소리 대신 플레이어들의 비명소리가 울려 퍼지기 시작했다.

"으아악!"

"으아아!"

"달아나!"

사람들의 비명이 점차 커지는 순간 한성은 달아나는 것 대신 주위를 살폈다.

'서둘러야겠군.'

느낌상 자신의 레벨 3이 가까워 졌음을 알고 있었고 한성은 아직 3단계로 변하지 못한 샌드맨을 향해 몽둥이를 내리찍었다.

퍼어어억!

몽둥이로 내리친 샌드맨이 모래로 바뀌는 순간 그토록 갈망하던 기계음이 울려 퍼졌다.

[레벨 3! 스킬 구성이 가능합니다!]

'스킬은?'

지금 이 순간만큼은 주변에서 죽어가는 플레이어의 모습도 사람들의 비명 소리도 들려오지 않고 있었다.

두근거리는 심장의 떨림을 느끼며 시선을 곧바로 스킬창으로 향했다.

[격투가]
[달빛의 검]
[불멸의 창]
[이단베기]
[증오]
[파괴]
[파멸의 구]
[속공]
[격노]
[폭주]
[맹활]
[속사]
[치명타 증가]
[증폭]
[일격필살]

수십 년에 걸쳐 자신이 획득한 스킬들의 이름이 끝도 없이 보이고 있었다.

수십 년 동안 자신이 익힌 스킬은 고스란히 잠재되어 자신과 함께 과거로 돌아왔다.
　자신도 모르게 입에서 웃음이 흘러 나왔다.
　"ㅎㅎㅎㅎ."
　눈 앞에서 머리가 돌아간 플레이어가 쓰러졌지만 눈에 들어오지도 않았다.
　플레이어들은 놀라며 달아나고 있었는데 제 자리에 선 채로 웃음을 흘리고 있는 한성이 유일했다.
　생존도라는 지옥에서 출발을 하는 상황이었지만 20년의 세월동안 자신이 획득했었던 스킬들이 고스란히 돌아온 사실에 한성은 세상을 얻은 것 같은 기분이 들고 있었다.
　스킬들을 확인하고 있던 한성의 눈썹이 꿈틀거렸다.
　"으음?"
　끝도 없이 흘러나오고 있던 한성의 웃음이 멈추었다.
　약간의 문제가 있었다.
　경황이 없어 느끼지 못하고 있었는데 지금 보니 상태창에서 보이고 있는 스킬들의 이름들은 하나 같이 빨간색으로 보이고 있었다.
　빨간색이라는 것은 스킬을 사용하기에 레벨이 부족하다는 것을 의미했다.
　지금 레벨 3인 자신이 사용할 수 있는 스킬은 단 한

가지도 없었다.

스킬 대부분은 상위 레벨을 달성한 후부터 사용이 가능한 스킬들이었니 최상위의 스킬들은 생존도 최고 레벨인 40을 달성한다 하더라도 시전조차 불가능한 스킬들이었다.

즐거움이 반감되기는 했지만 스킬이 돌아온 것만으로도 그 어떤 것보다도 대단한 능력을 갖춘 상황이었다.

강자가 되기 위해서는 반드시 아이템, 스킬, 레벨 이 세 가지가 필수였는데 가장 구하기 어려운 것이 스킬북이었고 그 다음이 아이템. 마지막으로 레벨이 올리기가 가장 쉬웠다.

물론 레벨을 올리기에는 상당한 시간이 필요하겠지만 스킬북을 가지고 있는 이상 다른 것을 구할 필요 없이 레벨만 올리면 과거 자신의 능력을 그대로 발휘할 수 있다는 말이었다.

한성은 쉴 새 없이 휘둘렀던 몽둥이를 든 손을 내려놓았다.

지금 상황에서는 피하는 것이 우선이었다.

한성은 주변을 둘러보았다.

곳곳에서 샌드맨이 폭발하는 소리가 울려 퍼졌다.

펑! 펑! 펑!

내부에서부터 무언가 폭발 하는 듯이 샌드맨의 몸이 터지기 시작했다.

'자폭!'

샌드맨의 마지막 단계.

즉 가장 무섭게 변하는 단계였다.

이런 사실을 플레이어들은 모르고 있었다.

딱딱해진 샌드맨이 스스로 죽자 플레이어들의 얼굴에는 반가운 빛이 감돌았다.

"이거 스스로 죽는데?"

"뭐야 이거? 자폭이야?"

샌드맨이 스스로 무너지는 것에 플레이어들은 반갑게 생각하고 있었지만 한성의 표정은 굳었다.

폭파하는 샌드맨의 신호는 골렘으로 변신하는 마지막 단계를 의미했다.

과연 어느새 해변가의 샌드맨 대부분은 레벨 3을 돌파하고 완전체인 레벨 5를 향하고 있었다.

벌써부터 삶을 체념한 플레이어들은 제 자리에 주저 앉은 채 울고 있었고 샌드맨에게 자비라고는 없었다.

쾅! 쾅! 쾅!

체중을 실어 두 주먹으로 내리찍는 샌드맨의 공격에 모래 사장이 흔들리고 비명이 하늘을 흔들었다.

"꺄아아악!"

"우아아악!"

지도도 공개되어있지 않고 어디가 어디인지도 알지 못하는 상황에서 플레이어들은 각기 흩어져 가고 있었다.

해변가에 있던 다른 플레이어들처럼 한성 역시 달리기 시작했다.

다만 한성은 목적지를 향해서 움직이고 있었지만 플레이어들은 샌드맨을 피해 달아나고 있었다.

모래 사장 위에서 갈팡질팡하고 있는 모든 플레이어들의 귓속으로 기계음이 울려 퍼졌다.

[세이프 타워를 찾으세요! 세이프 타워를 찾으세요! 세이프 존으로 이동하실 수 있습니다!]

기계음이 울려 퍼졌지만 플레이어에게는 혼란만이 가중되었을 뿐이었다.

"세이프 타워가 뭐야?"

"세이프 존은 뭐야?"

"어디에 있는 거야!"

해변 곳곳에는 세이프 타워가 마련되어 있었는데 한성을 제외하고 플레이어중 그 누구도 세이프 타워의 위치를 알고 있는 자는 없었다.

한성의 시선이 해변의 끝자락으로 향했다.

기억 그대로 세이프 타워가 보이고 있었다.

세이프 존으로 순간이동 시켜줄 수 있는 세이프 타워를 바라보았지만 세이프 타워를 향해 달려가지는 않았다.

과거에는 몰랐었지만 지금 보니 이건 모두 다 플레이어들을 가지고 놀려고 한 관리자의 의도라는 사실이 보이고 있었다.

슈우우웅!

굉음 소리와 함께 하늘로 불빛을 쏘아 올리며 '팡!' 하는 소리와 함께 환한 빛이 사방으로 퍼져 나갔다.

슈우우웅! 슈우우웅!

불빛들은 연이어 하늘로 쏘아 올려 지고 있었고 세이프 타워는 그 위치를 알려주기 시작했다.

"저곳이다!"

누군가의 외침에 플레이어들은 앞 다투어 세이프 타워를 향해 달려가기 시작했다.

"우와아아아!"

괴성 소리와 함께 플레이어들은 샌드맨을 피해 전력으로 질주하기 시작했다.

첫 번째로 타워에 플레이어가 도착하는 순간 이었다.

플레이어의 모습이 빛과 함께 사라져 버렸다.

[김한수 플레이어가 세이프존 A지역으로 순간 이동 했습니다.]

플레이어가 안전지대로 이동했다는 소리는 생시의 가로에 놓여 있는 모든 이들에게 똑똑히 들려왔다.

"서둘러!"

"살 수 있다!"

[한철희 플레이어가 세이프존 B지역으로 순간 이동 했습니다.]

살수 있다는 것을 확인한 플레이어들은 맹렬히 뛰어가기

시작했다.

"빨리! 빨리!"

지옥에서 한 줄기 삶의 빛을 본 듯이 플레이어들은 뛰어가고 있었지만 한성은 고개를 흔들었다.

오히려 한성은 모래가 없는 해변가와 멀리 떨어진 쪽으로 뛰기 시작했다.

대다수의 플레이어들과 정반대 방향으로 뛰고 있는 자는 한성이 유일했다.

얼핏 생각하면 기계음이 도와주는 것처럼 보이고 있었지만 사실은 아니었다.

눈앞에 보이고 있는 타워의 숫자는 12개에 불과 했다.

'사람 수는……'

한성은 정신없이 타워를 향해 달려가고 있는 사람들을 바라보았다.

무려 일만 이천 명.

타워는 한 번에 한명 밖에 세이프 존으로 이동시키지 못하고 있었다.

12개의 타워는 한 번에 열두 명의 사람만이 안전한 곳으로 순간이동을 하고 있었는데 타워는 결코 이 많은 사람들을 감당해 낼 수 없었다.

한명 이동시키는 데에 대략 2초 정도의 시간이 걸렸으니 순식간에 타워 주변은 사람들로 가득 차게 되었다.

무질서.

유일한 살길이라 생각한 플레이어들은 앞 다투어 타워를 향해 달려들고 있었는데 이런 상황에서 질서라고는 있을 수 없었다.

"우아! 밀지 마!"

"다쳐요! 밀지 마세요!"

"으아아악! 사람 죽어요!"

"차례를 지켜요!"

사람들이 밟혀 죽어가고 있었지만 뒤에서 샌드맨의 주먹에 플레이어들의 머리가 으깨지고 있는 상황에서 이들의 외침은 들릴 리 없었다.

"나 부터! 나 부터!"

"비켜! 비켜!"

서로 먼저 가려고 했으니 천천히 기다리는 것 보다 더 늦게 플레이어들은 이동되고 있었다.

세이프 타워 주변으로 사람들은 무덤을 만들 듯이 쌓이고 있었다.

"으아아악!"

"숨막혀!"

"사람 살려!"

상황은 더욱더 악화 되어졌고 샌드맨에게 맞아 죽는 자들 보다 깔려 죽는 자들의 숫자가 훨씬 더 많았다.

불행이도 사람들의 머릿속에는 마승지의 말이 꽂혀 있었다.

'그 누구도 신경 쓰지 마! 이곳에서 제일 멍청한 놈이 타인을 신경쓰는 놈이다!'

순식간에 모래사장은 지옥으로 바뀌었는데 기계음이 울려 퍼졌다.

[관리자가 주는 팁!]

한성이 예상한 메시지가 그대로 들려왔다.

[샌드맨은 모래사장에서만 움직일 수 있습니다. 모래사장을 벗어나면 샌드맨은 추격을 하지 못해요.]

관리자는 의도적으로 늦게 정보를 제공했다.

한성은 이미 알고 있는 사실이었지만 당연히 이곳에 있는 플레이어들은 처음 듣는 정보였다.

"저쪽으로!"

"서둘러!"

누군가의 외침과 동시에 상당수의 플레이어들은 모래사장이 없는 쪽으로 달려가기 시작했다.

기계음의 알림과 동시에 타워가 있는 쪽으로 가는 것을 포기한 플레이어들은 각기 사방으로 흩어지기 시작했다.

"제길! 미리 말해 주지!"

이 순간에도 샌드맨은 점점 더 강해지고 있었고 거의 모든 샌드맨들이 5단계를 달성하며 모습을 바꾸었다.

"우와아앗! 골렘이다!"

지금 까지 비리비리 해보였던 샌드맨은 드디어 완성체인 골렘으로 모습을 바꾸었다.

골렘은 단순히 외형만 강해진 것이 아니라 속도까지 증가 되어 있었다.

 쿵! 쿵! 쿵! 쿵!

 성큼 성큼 걸을 때 마다 모래사장이 흔들렸고 플레이어들은 장난감처럼 골렘의 품 안에 빨려 들어가고 있었다.

 한 바퀴 회전하는 주먹에 플레이어들의 몸이 하늘로 솟구치고 머리통은 수박 깨지듯이 으깨지고 있었다.

 타 플레이어들을 희생삼아 모래사장 밖으로 피난한 플레이어들이 안도하고 있을 때였다.

 "사, 살았다!"

 한성은 고개를 흔들었다.

 누군가 하늘을 바라보며 외쳤다.

 "우와! 날아온다!"

 샌드맨들은 모래사장을 벗어나지 못하고 있었는데 골렘은 허공을 훌쩍 뛰어 넘으며 플레이어들을 깔아뭉개고 있었다.

 쾅! 쾅! 쾅!

 거대한 바위가 떨어지는 것이나 마찬가지였다.

 하늘에서 날아온 골렘들이 지상에 착지할 때 마다 플레이어들은 깔려 죽었고 모래사장 밖이었지만 골렘은 여전히 활개를 치고 있었다.

 골렘의 주먹에 맞아 죽어가던 누군가 억울하다는 듯이 외쳤다.

"모래 사장 밖으로는 나오지 못한다며!"

기계음이 상황을 설명 하듯이 말했다.

[샌드맨은 모래사장을 벗어날 수 없지만 골렘은 벗어날 수 있지요. 킥킥킥!]

기계음은 감정이 있다는 듯이 비웃고 있었다.

"이, 이런 사기가!"

플레이어들의 억울함은 전혀 상관 없었다.

골렘들은 플레이어들을 가지고 놀다 시피 하면서 학살은 계속되어졌다.

이대로라면 전원 전멸을 할 것 같은 상황이었는데 기계음이 들려왔다.

[여러분들을 위해 세이프 타워가 추가로 출현합니다! 달아나세요!]

곧바로 모래사장 근처에서는 조금 전까지 보이지 않고 있었던 세이프 타워가 솟아나기 시작했다.

숫자는 무려 백여 개에 가까웠고 위치는 아까 보였던 세이프 타워가 있던 곳 바로 옆이었다.

아이러니 하게도 부상을 입고 움직이지 못하고 있던 자들은 곧바로 나타난 세이프 타워를 이용할 수 있었고 어렵게 모래사장을 빠져 나온 이들은 다시 돌아가야 했었다.

"이, 이런!"

"제길!"

플레이어들은 똥개 훈련 받듯이 이리 뛰고 저리 뛰기를 반복하며 모래 사장으로 돌아가기 시작했다.

한성은 세이프 타워가 숨겨져 있다는 사실을 알고 있었지만 여전히 제 자리에서 움직이지 않고 있었다.

한성의 머릿속으로는 빠르게 계획이 그려지고 있었다.

'일단은 레벨업.'

기초적인 스킬을 달성하기 위해서라도 일단 레벨업은 필수였다.

세이프 타워를 이용해 세이프 존으로 간다면 당장은 안전할 수 있을지 몰라도 상당수의 시간을 허비하게 될 것이 분명했다.

지옥으로 변한 해변가를 뒤로 한 채 한성은 반대쪽에 있는 산을 향해 달려가기 시작했다.

NEO MODERN FANTASY STORY

4. 사냥.

회귀의 절대자

4. 사냥.

얼마 후.

해변가와 상당히 멀어졌다는 듯이 사람들이 내지르는 비명소리가 점점 더 희미해져가고 있었다.

지도도 없는 상황이었고 방향조차 가늠하기 힘든 상황이었지만 한성은 갈 곳을 알고 있었다.

산길 쪽으로 오르기 시작하자 관리가 전혀 되어 있지 않은 나무들이 모습을 드러내기 시작했다.

길이라고는 전혀 없지만 한성의 발걸음에 주저함은 없었다.

단 한명의 동료도 없었지만 이미 모든 정보를 머릿속에 가지고 있었으니 한성에게 두려움이라고는 없었다.

한성은 자신의 앞을 가로막고 있는 나무들을 몽둥이로 헤쳐 가며 거침없이 걷기 시작했다.

수십 년만에 다시 돌아온 상황이나 마찬가지였지만 처음의 기억은 생생하게 한성에게 길을 가르쳐 주고 있었다.

회귀 전 자신은 다른 플레이어들처럼 무리를 지어 세이프 존을 찾았었는데 결국 세이프 존에 도착할 수는 있었지만 결과적으로는 3일 가까이를 제대로 레벨업 하지 못한 채 허비한 셈이 되었다.

플레이어들에게 헛된 꿈을 주기 위해서 이었을까?

처음 일주일 동안 낮 시간 동안에는 생존도에서 크게 위협을 가할 몬스터들이 돌아다니지 않았다.

바꾸어 말한다면 지금 세이프존으로 가고 있는 대다수의 플레이어들은 골든 타임을 놓치는 것이나 마찬가지였다.

한성은 하늘을 바라보았다.

태양은 서서히 가장 높은 곳을 향해 오르고 있었다.

'낮. 아직 해가 질 때 까지는 시간이 있다.'

얼마나 산을 올랐을까?

길이 끊기며 막다른 절벽이 보이기 시작했다.

더 이상 갈 곳이 없었지만 한성은 조심스럽게 절벽 아래로 시선을 돌렸다.

마치 내려 갈 수 있도록 누군가 만들어 놓은 것처럼 사람 몸통만한 식물 줄기가 보이고 있었다.

한성은 줄기를 붙잡고 그대로 내려가기 시작했다.

절벽 아래로 내려오자 오래전 기억 속에 있었던 익숙한 사냥터가 보이기 시작했다.

다른 사냥터들은 주변의 몬스터가 있었던 탓에 저 렙에서는 쉽게 움직이는 것조차 힘들었는데 이곳은 사방이 절벽으로 막혀 있는 탓에 천연지형을 갖춘 사냥터였다.

다른 플레이어들에게 방해받을 일도 없고 돌아다니는 몬스터인 로머로부터 방해받을 일이 없는 이곳보다 저 렙의 플레이어들에게 안전하고 좋은 사냥터는 없었다.

과거에는 이 사냥터를 발견하는데에 적어도 2주 가까운 시간이 걸렸었다.

그 당시는 경황이 없어서 몰랐지만 사실상 가장 빠르고 편안하게 레벨을 할 수 있는 시각이 바로 첫 번째 1주였다.

지금 당장 이곳에서 시작한다면 타 플레이어와는 비교할 수 없을 정도로 빠른 속도를 얻을 수 있을 것이 분명했다.

한성은 조심스럽게 몬스터들을 바라보았다.

예상대로 벌레들이 보이고 있었다.

대왕 애벌레를 비롯해서 2M 정도 높이를 날아다니고 있는 대왕 파리, 사람 크기만 한 사마귀 등등 곤충들로 구성되어 있는 벌레들은 보기에는 흉했지만 저렙들이 가장 빠르게 레벨을 올릴 수 있는 최고의 장소였다.

초보자들을 위한 몬스터인 탓에 벌레들은 한성이 나타났지만 전혀 반응하지 않고 있었다.

한성은 샌드맨에게서 얻은 몽둥이를 꺼내들었다.

무기와 장비는 각각 등급이 있었는데 가장 좋은 것이 전설, 그다음이 영웅, 상급, 중급, 하급 이런 식으로 등급이 있었는데 지금 가지고 있는 무기는 쓰레기 등급의 최하위 몽둥이였다.

생존도에서 구할 수 있는 아이템의 최고 등급은 중급이 최고 등급이었다.

쓰레기 등급이기는 했지만 지금 눈 앞에 보이는 저렙의 몬스터를 상대하기에는 부족함이 없었다.

타겟으로 삼은 애벌레를 겨누며 한성은 기합을 넣었다.

"시작이다!"

일단 첫 번째 목표는 레벨 10이었다.

'레벨 10. 그러면 속공을 달성할 수 있다.'

전투에서 가장 중요한 요소 중 하나가 바로 속공이었다.

속공의 중요성은 만렙 플레이어들 뿐 아니라 최상위에 있는 자들 역시 기를 쓰고 올리려 하는 스킬 이었고 속공 스킬을 익힐 수 있는 첫 번째 레벨이 바로 레벨 10이었다.

물론 속공을 달성한다 하더라도 지금 상황에서는 낮은 레벨의 속공 스킬 밖에 작용되지 않을 것이 분명했지만 생존도에서 살아남기 위해 가장 필수 스킬은 속공이었다.

목표를 정했으니 생각할 것은 없었다.

한성은 달려 나가며 막대기를 휘두르기 시작했다.

고약한 냄새를 풍기고 있는 벌레 몬스터들 중에 한성이 집중적으로 노린 벌레는 대왕 애벌레였다.

대왕 애벌레는 다른 몬스터들에 비해 방어력이 낮았다.

이 말은 시간 투자에 비해 가장 **빠르게** 레벨업을 할 수 있다는 것을 의미했다.

막대기를 들고 달려갔지만 한성은 서두르지는 않았다.

회귀 전 자신의 실력이라면 손가락 하나로 튕겨버릴 수 있는 몬스터들이었지만 지금은 달랐다.

가끔 날카로운 이빨을 드러내는 빨간색의 애벌레는 독성을 가지고 있었고 장비도 없는 저렙에게 독성은 치명적이었다.

거리를 유지하며 막대기를 내려쳤다.

타악!

막대기가 애벌레의 몸통을 가격하는 순간 가볍게 꿈틀거린 애벌레는 진한 초록색액을 뿜어내며 몸통이 터졌다.

몸통이 터졌지만 한성은 방심의 끈을 놓치지 않고 있었다.

예상대로 몸통이 터진 애벌레는 숨통이 끊어지기 전 최후의 일격을 가했다.

"캬오오옷!"

대왕 애벌레는 이빨을 내보이며 한성을 공격했지만 한성은 가볍게 피하며 몽둥이를 내리찍었다.

팍! 팍! 팍!

애벌레의 얼굴이 뭉개지는 것과 동시에 온 몸이 터져버린 애벌레는 더 이상 움직이지 못했다.

애벌레는 머리 부분이 터지지 않는 이상 죽기전에 자폭을 하듯이 최후의 일격을 던질 수 있었다.

처음 상대하는 뉴비 플레이어라면 방심하기 쉬운 상황이었지만 한성에게는 통할리 없었다.

한성은 곧바로 또 다른 애벌레로 몽둥이가 움직였다.

대왕 애벌레에게서 주의할 점은 독이 있는 이빨.

만일 처음 상대하는 자들이었다면 분명 독에 중독될 위험이 있을 것이 분명했지만 이미 대왕 애벌레의 공격 패턴을 읽고 있는 한성에게는 조금의 위험도 없었다.

'왼팔을 미끼로 보이고 피한 후 공격!'

과거에는 이 패턴을 알아내는 데에만 하루 가까운 시간이 걸렸지만 지금 한성에게는 알고 있는 사실이었다.

애벌레 하나를 잡을 때 마다 한성은 앞으로 진격했고 한성이 나아가고 있는 곳으로는 애벌레들의 시체가 쌓이기 시작했다.

[레벨업! 레벨 4달성!]

[3G 포인트 획득!]

[막대기를 획득했습니다!]

새로운 아이템이 나오는 순간 한성은 잠시 멈추었다.

샌드맨에게서 얻은 몽둥이보다 조금 더 가다듬은 것 같은 딱딱한 막대기가 튀어 나왔다.

〈생존도 막대기〉

공격력: 5-11

등급: 쓰레기

설명: 평범한 막대기. 하지만 처음 시작할 때 샌드맨에게서 받은 몽둥이 보다는 성능이 아주 조금 더 좋음.

어차피 쓰레기 등급이었던 탓에 무기의 성능은 큰 차이가 없었지만 한성은 새로 얻은 막대기로 무기를 바꾸었다.

지금 상황에서 최우선은 무기가 아닌 레벨 업 이었다.

막대기 역시 그다지 훌륭하지는 않았지만 손잡이가 있다는 점에서 몽둥이 보다는 손의 피로도가 덜했다.

탁! 탁! 탁!

막대기를 내려쳐지는 것과 동시에 애벌레의 몸통이 터지며 초록색 타액이 튀어 올랐다.

미세하게나마 몽둥이 보다 강한 위력이 전해져 왔고 애벌레들의 잡는 속도에도 조금씩 가속이 붙기 시작했다.

[레벨업! 레벨업!]

[레벨 5 달성!]

'레벨 5.'

과거에는 이틀을 날려 버린 탓에 삼일 째야 레벨 3을 달성할 수 있었는데 지금은 불과 하루도 지나지 않아서 레벨 5를 달성했다.

과거와는 비교 조차 할 수 없을 정도로 빠른 속도의 레벨 업 이었지만 한성의 표정은 여전히 굳어 있었다.

'아직 가야 할 길이 멀다.'

생존도에서의 만렙은 40.

생존도 만렙 40을 달성한다 하더라도 생존이 보장되는 것은 아니었지만 일단 레벨업 만이 최선의 방법이었다.

어느새 날이 어두워지고 있었지만 한성은 쉴 새 없이 막대기를 휘두르고 또 휘둘렀다.

미친 듯이 혹은 사냥에 취한 듯이 한성은 끊임없이 공격하고 공격했다.

저렙이 휘두르는 별 볼일 없는 공격이라 할지라도 그 기세만큼은 만렙의 기운을 넘기고 있었다.

무의식 속에서 복수에 대한 증오가 튀어 나왔고 그 증오는 공격으로 내뿜어 버렸다.

배신자들의 얼굴을 떠올리며 절대자에 대한 복수를 떠올릴 때 마다 공격은 더욱더 매섭게 타오르고 있었다.

몇 시간 후.

정신은 아직 또렷했지만 몸을 따라오지 못하고 있었다.

자신은 과거처럼 만렙이 아니었는데 의욕만큼은 만렙의 의욕을 가지고 있었던 탓에 한성의 체력은 따라가지 못하고 있었다.

쉴 새 없이 휘두르고 있던 팔은 마비가 된 듯이 감촉이 전해져 오지 않고 있었고 막대기를 쥐고 있던 손가락은 펴지지 않고 있었다.

허기짐과 갈증 그리고 체력의 소모가 한성이 휘두르는

몽둥이의 속도를 늦추고 있을 때였다.

몬스터 하나를 박살내는 순간 네모난 막대모양의 아이템이 튀어 나왔다.

[에너지바 획득!]

반가웠다.

지쳐 있던 한성의 시선이 튀어 나온 아이템으로 향했다.

〈에너지바〉

아이템: 하급 에너지바.

설명: 일정 체력을 회복합니다. 맛은 없어요.

에너지바의 설명 창을 보지도 않은 채 한성은 에너지바를 입에 넣었다.

상위 레벨이었을 때는 거들떠보지도 않을 하급 에너지바이었지만 지금은 달랐다.

아무리 하급 에너지바라 하더라도 지금 같이 낮은 체력을 가지고 있는 상황에서는 체력을 최대한도록 끌어올려 줄 수 있었다.

효과는 즉시 발동되었다.

정수와 달리 치료의 기능은 전혀 없었지만 눈앞이 또렷해지며 자신이 체력이 회복되었다는 것이 느껴지고 있었다.

배고픔은 단번에 사라져 버렸고 포만감이 느껴졌지만 휴

식을 취할 새도 없이 한성은 또 다시 막대기를 휘두르기 시작했다.

일명 노가다라고 불리는 행위를 끝도 없이 반복하기 시작했다.

'지금 급한 것은 레벨 업. 다른 무엇 보다 레벨 10 달성이 우선이다.'

몇 시간이 지나자 레벨업을 알리는 소리가 들려왔다.

[레벨 6 달성!]

레벨 6을 달성했다는 소리를 듣는 순간 한성은 비로소 움직임을 멈추었다.

어느새 날은 완전히 어두워 졌고 도처에 깔려 있던 저렙의 몬스터들 역시 모습을 감추기 시작했다.

새벽이 되면 저렙의 몬스터들은 사라졌고 고렙의 몬스터들이 등장했는데 현재로서는 고렙의 몬스터를 당해낼 수 없었다.

한성은 한쪽으로 시선을 돌렸다.

과거에 동료들과 함께 휴식을 취했던 바위가 보이고 있었다.

바위틈을 찾은 한성은 돌무더기로 입구를 막은 후 몸을 뉘었다.

여분의 에너지바가 하나 남아 있었지만 한성은 에너지바를 아낄 생각이었다.

긴장감이 풀리자 온 몸에 하루의 피로가 동시에 몰려들

었다.

불편한 잠자리라는 생각은 전혀 들지 않았다.

일분이라도 시간을 허투루 쓰고 싶지 않았던 한성은 호흡을 가다듬으며 잠에 빠져 들었다.

새로운 시작.

복수, 증오, 떨림. 모든 감정들이 교차되는 가운데에서 회귀를 한 후 새로운 도전이 시작되었다.

❖

꿈.

한성은 꿈을 꾸고 있었다.

과거 자신이 수도 없이 꾸었던 꿈.

익숙한 장면이 눈앞에 펼쳐지며 한성은 수십 년 동안 자신을 괴롭혔던 악몽을 다시 바라보고 있었다.

꿈이라는 사실을 인지하고 있는 가운데 자신은 지금 세이프 존 A 에 서 있었다.

과거의 기억을 더욱더 생생하게 해 주겠다는 듯이 단어들이 하나하나가 나열되고 있었다.

초딩스러운 관리자.

동서남북이 열려 있는 성채.

널려 있는 시체.

자신만을 생각하는 플레이어.

그리고 철저히 도움의 손길을 외면했던 자신.

혹시라도 잊었을까 꿈은 자신이 과거 세이프 존 A에 있었을 때의 기억들이 생생하게 보여주고 있었다.

결코 떠올리기 싫었던 일이었지만 자신의 기억 속에 박혀 버린 악몽은 회귀를 한 지금까지 자신을 따라오고 있었다.

여자.

20대 중반으로 보이는 미모의 아가씨는 당황한 표정을 짓고 있었다.

이름도 기억나지 않는 여자 이었지만 상황 만큼은 수 십 수백 번을 본 듯이 똑같이 벌어지고 있었다.

절망과 당황함이 교차되고 있는 여인은 거구의 괴물에게 붙들려 있었다.

보스 몬스터 디케이.

거구의 몸집에 세이프존 A를 다스리는 자.

전형적인 탱커 타입의 사내.

디케이는 여인을 껴안고 있었다.

자신의 몸을 떨쳐내려는 여자가 재미 있다는 듯이 웃으며 디케이는 징그럽게 입술을 내밀고 있었다.

디케이의 주변에는 수백의 플레이어들이 모여 있었지만 그 누구도 나서는 이는 없었다.

모두가 눈을 피하고 있었고 자신 역시 마찬가지였다.

입술을 가져 가는 디케이에게 여인은 침을 뱉었고 화가

치민 디케이는 그대로 여자의 몸을 내던졌다.

별 볼일 없는 스킬이었지만 바닥에 쳐 박힌 순간 그대로 여인의 목은 돌아가 버렸고 여인은 눈을 뜬 채로 한성의 앞에서 쓰러지며 죽음을 맞이하였다.

자신에 대한 원망이었을까? 아니면 우연이었을까?

여인의 눈은 정면으로 한성의 시선과 마주치고 있었는데 수십 년 동안 잊히지 않는 눈빛 이었다.

한성은 눈을 떴다.

해가 떴음을 알리는 듯이 바위틈으로 빛이 새어 들어오고 있었다.

'악몽이 예지몽이 되어버렸군.'

과거에 벌어진 일들이었지만 회귀를 한 지금 악몽은 곧 벌어질 예지몽이 되어 버렸다.

순간적으로 머릿속에는 미래를 바꿀 수 있다는 생각이 스치고 지나갔다.

'무슨 말도 안 되는 생각을.'

잠시 고개를 흔들어 본 한성은 몸을 일으켰다.

지금 자신은 타인을 생각할 겨를이 없었다.

어제의 장소로 돌아갔다.

어제 보다 더 많은 몬스터들이 자신을 기다리고 있었고

한성은 막대기를 휘두르기 시작했다.

조금 전에 잠시 들었던 생각이 다시 떠올라 왔다.

'바꿀 수 있다.'

미래를 알고 있었으니 당연히 바꿀 수 있었다.

다만 미래를 바꾸는 것이 옳은 일인지 또는 자신에게 유리하게 될 것인지는 알 수 없었다.

스킬들을 가지고 회귀를 하기는 했지만 지금의 자신은 저렙의 플레이어 중 한명일 뿐이었다. 행여나 어설픈 실력 가지고 무모한 정의감을 발휘한다면 회귀를 하지 않는 것만 못한 결과를 초래할 수 있었다.

'일단 생각은 뒤로 미룬다.'

막대기를 쥔 한성은 곧바로 사냥을 시작했다.

집중을 해야 한다는 것은 알고 있었지만 자신의 머릿속에 박혀 있는 여인의 모습은 계속해서 자신의 집중력을 흐리고 있었다.

간간히 실수가 나와 작은 상처를 입었고 레벨이 오르고는 있었지만 한성의 머릿속으로는 갈등이 일어나고 있었다.

'시간이 없다.'

곧 벌어질 학살은 불과 일주일 정도 밖에 남지 않았다.

마음이야 비극을 피하게 하고 싶었지만 차가운 머리는 현실을 직시 하라고 말하고 있었다.

'지금 나는 초보자이지 절대자가 아니다. 생존도만 빠져

나간다면 과거와는 비교할 수 없을 정도로 빠른 속도로 모든 것을 쌓을 수 있다.'

최선의 방법은 다른 것들을 무시하면 한시라도 빨리 레벨을 올려 생존도를 빠져나가는 것이다.

스킬들이 고스란히 전해져 왔고 생존도의 모든 정보를 알고 있었으니 단순히 몸만 살아 나가는 것은 어렵지 않았다.

다만 누군가를 구하기 위해서라면 또는 과거의 큰 틀을 바꾸려 한다면 쉬운 길 대신 어려운 길을 선택해야 했다.

얼마나 시간이 흘렀을까?

쉴 새 없이 오르고 있던 레벨은 8이 되자 조금씩 늦추어지고 있었다.

지금 잡는 몬스터들이 저 레벨의 플레이어들에게는 최선의 몬스터임에는 분명했지만 레벨 10이 가까워지는 지금 그 속도는 현저하게 늦어지고 있었다.

조금씩 지쳐가고 있었지만 한성은 멈추지 않았다.

속공 달성을 위해 레벨 10까지는 정신없이 기력을 짜 내어서 해야 할 일이었다.

일주일이라는 시간이 빠르게 흘렀다.

그 동안 한성은 자는 일을 제외하고는 사냥에 모든 시간을 쏟아 부었다.

이제 레벨 10은 눈앞이었다.

"하아. 하아."

몬스터들의 재잘거리는 소리 사이에서 한성의 거친 숨소리가 흐르고 있었다.

찢어질 대로 찢어진 옷과 만신창이가 되어 버린 몸 이었지만 한성의 시선은 여전히 몬스터에게 집중되고 있었다.

'저쪽, 저쪽, 그리고 저놈. 한방에 한 마리.'

그 동안 레벨이 상승했을 뿐 아니라 이제는 몬스터를 빠르게 잡는 기술 까지 익힌 상황이었다.

이제 한번 공격에 세 마리까지 동시에 잡을 수 있는 수준에 오른 상황이었다.

체력을 충전시키기 위해 한성은 에너지바를 입에 넣었다.

지쳐 있던 눈가에서 활기가 도는 순간 한성은 곧바로 뛰쳐 나갔다.

한 번에 한 마리씩 잡았던 일주일 전과 다르게 한성은 몬스터 사이를 뛰어 다니다 시피 하고 있었다.

사아악! 사아악!

몬스터의 곁을 지나갈 때 마다 날카로운 소리가 울려 퍼졌다.

한성의 무기가 몬스터에게 명중될 때 마다 부서지는 듯이 탁! 탁! 하며 터지던 소리는 사아악! 사아악! 하는 베어지는 소리로 바뀌어져 있었다.

한성의 손에 들려 있던 막대기는 지금 날카로운 단검으로 바뀌어져 있었다.

〈생존도 하급 단검〉
공격력: 29-39
등급: 하급
설명: 하급 무기 치고는 나쁘지 않은 공격력. 하지만 짧은 무기 특성상 초보에게는 비추.

쓰레기등급을 벗어난 최초의 무기.
하급의 무기이기는 했지만 단검의 예리함은 뭉툭한 막대기 보다 훨씬 더 빠른 속도로 사냥을 가능하게 했다.
물론 사정거리가 짧은 탓에 위험을 감내해야 했지만 이미 상대하는 몬스터들의 패턴을 읽고 있는 한성은 사용하기 편한 막대기 보다 빠른 속도를 낼 수 있는 단검을 선택했다.
스으윽!
애벌레의 몸을 갈라 버리는 순간 이었다.
레벨 10의 달성을 축하라도 하듯이 온 몸에서 빛이 번쩍였다.
[레벨 10! 속공 스킬 사용가능합니다!]
속공 스킬이 달성되었음을 알리는 소리에 그제야 한성은 휴식의 한숨을 내쉬었다.

"휴우."

레벨 10.

과거에는 무려 한 달 가까이 걸렸을 시간이었지만 지금은 불과 일주일 만에 달성하였다.

물론 과거에는 속공 스킬을 가지고 있지 않았으니 지금의 레벨 10 과는 하늘과 땅 차이의 레벨 10 이었다.

손의 물집부터 시작해서 온 몸에 작은 상처들이 가득했지만 지금 상처 따위는 눈에 들어오지 않고 있었다.

자신의 속공이 빨라졌다는 것을 확인하고 싶은 한성은 애벌레 대신 대왕 파리를 향해 단검을 휘둘렀다.

단검은 예리하게 대왕 파리의 날개 끝을 향해 번쩍였다.

타앗!

대왕 파리의 날개 끝 부분이 떨어져 나간 순간 이었다.

파리는 한성을 향해 곧바로 공격해 오기 시작했다.

단검을 한 번 더 휘두르는 것 대신 한성은 의도적으로 몸을 움직여 보았다.

단검의 움직임뿐만 아니라 자신의 몸 역시 빨라지는 것이 느껴졌다.

자신의 속도가 높아졌으니 상대적으로 대왕 파리의 움직임은 느리게 느껴지고 있었다.

단검이 닿을 아주 짧은 거리 이었지만 한성의 두 눈에는 파리의 공격이 생생하게 보이고 있었다.

속도 변화에 대한 체감이 분명하게 전해져 왔고 대왕 파리의 다리를 피하는 순간 한성은 가차 없이 단검으로 대왕 파리의 머리를 내리찍었다.

지이이익!

단검의 날카로움과 레벨 업의 힘이 더해졌으니 이 정도 몬스터는 손쉬웠다.

일자 모양의 빛이 번쩍이며 대왕 파리의 머리는 반으로 갈라졌다.

레벨 10을 달성한 후인 탓인지 생소한 기계음이 들려왔다.

[몬스터와의 레벨이 차이가 나서 레벨 증가 속도가 늦어집니다. 더 높은 등급의 몬스터를 노리세요. 동료와 함께 강한 몬스터를 잡으면 경험 속도가 훨씬 더 빠릅니다.]

이제 이 사냥터에는 작별을 고할 시간 이었다.

어차피 이제 며칠 있으면 몬스터들의 난이도는 상승할 것이고 혼자서는 버틸 수 없었다.

'인벤!'

마음속으로 인벤을 확인하자 지난 일주일 동안 획득한 아이템들이 보이고 있었다.

'에너지바 12개. 쓰레기 등급 무기 다섯. 그리고 하급 정수 3개. 3310 G 포인트.'

인벤토리에 모여 있던 아이템을 바라보던 중 정수에게 시선을 향했다.

정수는 일종의 치료제로 힐러가 없는 상황에서는 귀하게 쓰이는 재료였다.

자신의 몰골이 아니었던 탓에 한성은 손과 상처 부위에 하급 정수를 사용하였다.

하급 정수 이기는 했지만 상처는 한성의 상처 부위를 깨끗하게 치유했고 정신을 차린 한성은 마음속으로 중얼거렸다.

'상태창.'

이름: 최한성
레벨: 10
체력: 200
힘: 98
방어력: 45

과거 수 만의 체력 포인트와 힘의 능력을 가지고 있던 자신의 능력에 비해 초라하기 이를 데 없는 능력치였지만 생존도의 플레이어 중에 자신보다 높은 능력치를 가지고 있는 사람은 없을 거라 생각 되었다.

인벤토리와 상태창을 확인한 한성은 곧바로 발걸음을 옮겼다.

이제 부터는 홀로 행동을 하는 것 보다 그룹으로 행동을 하는 것이 훨씬 더 유리했다.

지도도 없고 주변에 아무 안내도 없었지만 이미 사람들이 모여 있는 곳이 어디인지는 알고 있었다.

기억을 더듬으며 걷자 아티팩트가 보이고 있었다.

아티팩트.

일종의 포탈로 섬 곳곳에 마련되어 있는 텔레포트 장치였다.

세이프 타워가 한 번에 한 사람씩 짧은 거리만을 순간 이동시켜 줄 수 있는 것에 비해 아티팩트는 동시에 수십 명에서 수백 명을 수십 킬로미터가 떨어진 곳까지 이동시켜 줄 수 있었다.

다만 섬 곳곳에서 쉽게 볼 수 있는 세이프 타워와는 다르게 아티팩트는 섬 몇 군데 밖에 존재하지 않고 있었다.

한성은 다가가며 아티팩트 주변에 있는 NPC들을 바라보았다.

아티팩트 주변에는 NPC들이 경계를 서고 있었는데 하마 얼굴을 한 몬스터와 너구리 얼굴을 가지고 있는 NPC들이 보이고 있었다.

일핏 보면 몬스터로 보이는 외형을 가지고 있는 탓에 과거에는 쉽게 다가가지 못했었다.

이들은 아티팩트에 대해 기본 설명을 해 주는 NPC들이었는데 지금 상황에서 한성에게 설명은 필요 없었다.

한성이 다가갔지만 플레이어를 위한 장치라는 듯이 NPC들은 전혀 적대감을 보이지 않고 있었다.

한성은 NPC에게 눈길 하나 주지 않은 채 아티팩트 중앙에 있는 크리스탈에 손을 가져갔다.

빛을 발산하고 있는 크리스탈을 만지자 너구리 형상의 NPC가 말했다.

[어디로 가시겠습니까? 이곳 아티팩트에서는 세이프존 A 와 세이프존 B 지점으로 안전하게 이동하실 수 있습니다. 단 갈 수는 있지만 다시 돌아올 수는 없으니 신중하게 생각해 주시기 바랍니다.]

NPC의 말이 끝나는 것과 동시에 생존도의 지도가 떠올라 왔다.

플레이어들에게 공짜로 모든 지도를 보여주지 않겠다는 듯이 절반만 공개되어 있었는데 이미 한성의 머릿속에는 생존도의 모든 지도가 그려 있었다.

생존도에는 총 4개의 세이프존이 있었는데 지금 이곳에는 단 두 개의 지점만 갈 수 있다는 듯이 두 개의 세이프존만이 반짝이고 있었다.

세이프 존 A는 북쪽 지점에 있었고 세이프 존 B 지점은 동쪽에 있었다.

아무 지식이 없는 플레이어라면 두 지점의 차이를 몰랐을 테지만 지금 한성은 알고 있었다.

'A 보다는 B 지점이 더 유리하다.'

과거 자신이 시작했던 포인트가 A이있지만 실제로 대부분의 시간을 보낸 곳은 B 지점 이었다.

사실 더 정확하게 말한다면 A 지점은 피해야할 곳이었다.

자신의 악몽이 머무는 곳.

가지 말아야 할 곳이라는 사실을 알고는 있었지만 한성은 머뭇거렸다.

'허나……'

머릿속에서 계속 밟히는 생각은 지우지 못하고 있었다.

어차피 A 지점을 선택한다 하더라도 결국에는 B 지점으로 이어질 상황이라는 것도 알고는 있었지만 자신이 회귀한 지금 어떤 변화가 생겼을지는 알 수 없었다.

'우선은 상황을 지켜본다. 그리고 과거처럼 B 지점으로.'

짧은 망설임 끝에 한성은 세이프존 A를 선택했다.

너구리 NPC의 눈이 반짝였다.

[세이프존 A 선택하셨습니다.]

자신의 착각이겠지만 순간적으로 NPC가 자신을 한심하다는 듯이 바라보는 것처럼 느껴졌다.

[순간 이동합니다.]

곧바로 빛과 함께 한성의 몸은 사라졌다.

NEO MODERN FANTASY STORY

**5. 세이프 존.**

회귀의 절대자

## 5. 세이프 존.

세이프 존.

생존도 단 네 곳에만 존재하는 세이프 존은 플레이어들이 몬스터를 피할 수 있는 장소였다.

주로 플레이어들이 휴식을 취하고 무기와 아이템을 제공하는 NPC를 만날 수 있는 곳 이었는데 일종의 쉘터 역할을 하는 장소였다.

커다란 성채를 연상케 하는 세이프 존은 1000 명이 넘는 플레이어들을 수용할 수 있었는데 처음 한성이 시작했던 해변가에 있던 자들 중 대부분은 세이프 존 A에 도착한 상황이었다.

빛과 함께 한성은 모습을 드러냈다.

한성이 나타나자마자 눈 앞으로 중무장을 한 기사 열댓 명이 뛰어가고 있는 모습이 보였다.

갑작스럽게 나타난 기사들의 모습에 한성은 반사적으로 몸을 움직였지만 이들은 한성에게는 관심 없다는 듯이 그냥 지나쳐 갔다.

한성은 멀어져 가고 있는 이들을 바라보았다.

'가디언.'

생존도 최고 레벨인 40을 달성하고 있는 NPC들이었다.

인간이 아닌 이들은 감정이라고는 전혀 없고 플레이어가 말을 걸었을 경우에도 반응하는 법이 없었다.

관리자가 세팅을 해 놓은 데로 일정 구간을 움직이며 나타난 몬스터를 사냥하는 NPC 들이었는데 이 점이 바로 세이프존의 큰 장점 이었다.

이들은 철저하게 세이프 존을 보호하며 몬스터의 습격으로부터 플레이어들을 보호했는데 문제는 가디언들이 존재하는 시간은 하루 중 4시간에 불과했다.

즉 나머지 20시간은 플레이어들 스스로 지켜야했는데 지금 같은 낮은 레벨에서 스스로를 지킨다는 것은 결코 쉬운 일이 아니었다.

익숙한 성채를 보는 순간 과거의 기억이 떠올라 왔다.

매일 밤낮 가리지 않고 몬스터들은 세이프 존으로 공격을 가했고 플레이어들은 힘을 합쳐 몬스터를 물리치기는 했지만 매일 수 많은 사람들이 죽어가는 것은 어쩔 수 없었다.

다만 그 때는 몰랐었지만 지금 생각해 보니 세이프 존은 플레이어들을 보호하는 곳이 아닌 플레이어들을 한 곳에 모아두는 곳이었다.

물품을 구입할 수 있는 NPC들이 있고 가디언의 보호에 잠을 잘 수 있는 성채와 건물들 까지 제공되었으니 플레이어들은 이곳을 떠날 수 없었는데 뒤집어서 말한다면 이곳은 창살이 없는 감옥이나 마찬가지였다.

갈 곳이 없는 상황에서 밖에는 감당할 수 없는 몬스터들이 우글거렸으니 플레이어들은 자동적으로 세이프존에 의존할 수밖에 없었는데 이건 플레이어들을 위한 것이 아니라는 사실을 그 당시에는 알지 못했다.

한성은 입구로 향했다.

입구로 들어가자 플레이어들의 모습이 하나 둘 씩 눈에 들어왔다.

과거의 기억을 더욱더 선명하게 해 준 다는 듯이 한눈에 절망한 플레이어들의 모습이 보이고 있었다.

절망하며 울고 있는 자. 반쯤 미쳐 버린 자. 부러진 몽둥이를 들고 있는 자 등등 아직 본격적인 시작도 하지 않았음에도 불구하고 상당수의 플레이어들에게는 체념의 모습이 가득했다.

다만 몇몇 자들은 벌써부터 그룹을 만들었는지 뭉쳐 있는 모습을 보이고 있었는데 몇몇 플레이어들이 입구에서 들어오고 있는 한성을 보며 말했다.

"어엇! 생존자다!"

"어이 새 친구가 왔군!"

"이곳에 와서 인사나 하라고!"

"와! 밖에서 홀로 일주일이나 살아 있었던 건가?"

새롭게 나타난 한성에게 플레이어들은 인사를 했지만 한성은 이들을 무시하며 걸었다.

지금 자신의 레벨은 10.

거기에 속공 스킬 까지 보유하고 있었다.

생존도에 처음 온 자가 불과 일주일 만에 레벨 10을 달성하고 속공 스킬까지 습득했다는 것은 불가능한 일 이었다.

이런 상황에서 자신의 실력이 누군가의 눈에 띄는 것은 결코 이로울 것이 없었다.

단순히 상대방을 바라보는 것만으로는 상대의 레벨이나 스킬을 확인할 수는 없었지만 실력을 보인다면 단번에 알아차릴 것이 분명하니 가급적 홀로 행동을 하고 싶었다.

'이렇게 조심스러워 하면서도 나는 왜 이곳으로 온 건가?'

스스로에게 조차 묻고 싶었다.

복잡한 생각이 교차 되는 가운데 걷고 있던 한성은 하늘을 바라보았다.

하늘에는 생존도 전 지역에서 볼 수 있을 만큼 커다란

게시물이 보이고 있었다.

마승지가 직접 한 말을 적어 놓은 것 같았는데 당연히 도움이 될 리는 없었다.

[포기하고 싶은가? 그럼 포기해라. 포기하면 편하니까. 흐흐흐. 절망속에서 사는 것보다 죽음이 훨씬 더 편하다.]

곧바로 한성의 시선은 게시물 아래 쪽의 PS라고 적힌 부분을 바라보았다.

[미녀들이 '포기 선언' 하는 것은 마감.]

처음 시작할 때 마승지가 말한 것처럼 미모가 뛰어난 여자들은 포기를 선언할 경우 자동으로 생존도에서 나갈 수 있었는데 그 자리는 한정된 숫자였다.

당연할지 몰라도 대다수의 여자들은 세이프존에 도착하자마자 포기 선언을 하였는데 이미 포기 선언을 할 수 있는 할당량은 끝이 난 상황이었다.

물론 선택된 여자들 역시 생존도 만큼이나 끔찍한 일이 벌어졌다는 것을 지금 아는 사람은 없었다.

한성이 시선이 성채 한쪽에 있는 게시물 쪽으로 향했다.

조금 전의 게시물이 생존도 전체에 대한 안내라면 지금 눈 앞에서 보이고 있는 게시판은 세이프 존 A 에 있는 플레이어들만을 위한 안내문 이었다.

상황에 맞추어 들려오는 기계음과는 다르게 안내문은 하루에 한 번씩 바뀌며 초보 플레이어들에게 도움이 주는 말을 건네주는 역할을 했다.

[아무리 바쁘셔도 레벨업은 필수져. 광장에 있는 허수아비를 때리심 레벨업 가능함. 어설픈 실력을 가지고 몬스터를 잡는 것 보다는 훨씬 더 낳아염. 너무 약하면 잼이 없으니 빨리 레벨 올리고 강해지셈!]

한성의 눈에 틀린 단어들이 들어왔다.

'바뿌셔. 낳아염.'

초등학생이 쓴 것처럼 보이는 게시물을 보는 순간 과거의 기억이 떠올라 왔다.

정체를 드러내지는 않았지만 세이프 존 A의 관리자는 여러 명 있었는데 그 중 한명은 상당히 어린 학생의 목소리이었다는 사실은 기억에 생생했다.

어찌된 일인지 몰라도 세이프 존 A의 처음 몇 주는 초등학생으로 생각되는 사내가 담당하고 있었다.

몬스터들의 출현은 관리자가 보내는 것 이었는데 관리자의 입장에서 본다면 게임을 즐기고 있는 거나 마찬가지였다.

간단히 말해서 지금 생명의 위협을 받고 있는 플레이어들은 초등학생의 놀이 상대였다.

곧바로 밑의 숫자판으로 시선을 바꾸었다.

[현재 세이프 존 A 생존 인원: 1811명.]

처음 1만 2000명의 플레이어중 현재 세이프 존 A에 있는 플레이어의 숫자는 1811명 이었다. 일주일만에 대략 절반 가까운 플레이어들이 사망했고 살아남은 자들은 네 개의 세이프존으로 나뉘어져 있는 상황이었는데 세이프 존 A의 숫자가 가장 많았다.

한성의 시선이 생존 인원의 숫자로 향했다.

'1811명.'

과거 세이프 존 A에서 끝까지 살아남은 자는 채 5명도 되지 않았었다.

한성은 시선을 돌렸다.

시선을 외면했지만 1800명의 생명이 자신의 어깨를 짓누르고 있는 느낌을 피할 수는 없었다.

광장.

운동장을 연상케 할 정도로 커다란 광장 입구에서 한성은 묵묵히 걷고 있었다.

광장 끝 부분에서 훈련을 위한 허수아비들이 늘어 있는 모습이 보이고 있었지만 가끔 몇몇 플레이어들이 지나쳐 가면서 한 두 대 때릴 뿐 훈련을 하고 있는 플레이어는 거의 보이지 않고 있었다.

사실 그도 그럴 것이 허수아비를 칠 경우 레벨 상승이 가능하기는 했지만 지금 생사가 걸려 있는 상황에서 허수아비에 집중을 할 플레이어는 없었다.

허수아비를 지나쳐 가고 있는 플레이어들의 목소리가

들려왔다.

"야! 이거 쳐 봤자 어림도 없어."

"하루 종일 죽도록 때려 봐야 레벨 1도 올리지 못해! 시간낭비야!"

몇 대 툭툭 허수아비를 때려 보고 있던 플레이어들은 이내 사라져 갔고 지금 한성의 눈에도 허수아비는 들어오지 않고 있었다.

무의식적으로 걷고 있던 한성은 발걸음을 멈추었다.

한성이 걸음을 멈추는 순간 바람이 불어오며 흙먼지가 자신의 몸을 스쳐 지나갔다.

발걸음이 멈춘 곳을 내려 보았다.

지금 한성은 과거 자신이 서 있었던 곳과 똑같은 곳에 서 있었다.

'바로 이 지점.'

이곳에서 자신을 평생토록 붙잡을 악몽이 시작되었다.

세이프존 A의 플레이어 전원이 끌려 나왔을 때와는 달리 지금 자신은 혼자 서 있었지만 그때의 기분이 느껴지고 있었다.

과거의 후회가 평생토록 남아 있는 곳.

'회귀.'

설명할 수 없는 스킬은 죽으면서 작동을 하였고 자신이 회귀한 시점은 공교롭게도 평생의 안타까움을 가지고 있는 그 시점 이었다.

그럴 리 없었지만 자신이 회귀를 한 것 역시 과거의 후회를 지우기 위해 신이 준 기회라는 생각이 들었다.

사실 다른 세이프 존이 더 유리하다는 것을 알고는 있었지만 마음 한편에서 실낱같은 가는 무언가가 이곳으로 자신을 끌고 왔다는 생각이 들었다.

아무도 없고 아무런 특이점이 보이지 않고 있었지만 이곳에서 그녀는 죽었었다.

아니 죽을 것이다.

'내일이다.'

1800명이 노예가 되어 비참한 삶을 살다 마감할 사건이 발생되는 것은 내일 이었다.

이미 벌어질 일을 알고 있었지만 마음속에서는 갈등이 일어나고 있었다.

자신의 복수와 새로운 시작을 위해서는 자신이 회귀 스킬을 가지고 이미 모든 벌어질 사실을 알고 있다는 사실이 드러나지 않아야 했다.

지금 최선의 방법은 나른 이늘은 철저하게 무시히고 자신 만을 생각한 후 100일 후에 생존도를 빠져나가는 것이 최우선이었다.

'과거처럼······.'

어설프게 행동을 하다가 죽기라도 한다면 회귀를 한 기적 역시 물거품이 될 것이 분명했다.

지금은 이십대의 자신보다 훨씬 더 많은 경험을 갖추고

있었고 배신이라는 쓴 맛도 보았다.

　남을 돕는다는 것과 모두가 함께 한 다는 것이 얼마나 힘든 일이라는 사실도 잘 알고 있었다.

　'하지만…….'

　타임머신을 타고 돌아온 것이나 마찬가지였지만 아직 한성에게는 과거를 바꿀 수 있는 힘이 충분하지 않았다.

　무리라는 것을 알고는 있지만 타인을 생각하는 자가 가장 한심한 자라는 마승지의 말을 반박해 보이고 싶었다.

　다시는 돌아올 수 없는 기회를 스스로 내치게 될 지도 몰랐지만 자신도 모르게 발걸음은 기억 속의 이곳에서 자신의 몸을 떠나지 못하게 하고 있었다.

　주위를 한 바퀴 돌아본 한성은 이내 플레이어들이 모여 있는 곳으로 다가갔다.

　아직 가디언들이 보호를 하는 시간인 탓에 플레이어들은 비교적 여유를 가지고 있었다.

　지난 일주일이라는 시간 동안 모든 플레이어들이 절망을 한 것은 아니었다.

　어떻게 해서든 살아남기 위해 악을 쓰는 자들이 존재했고 인간 특성상 힘을 합쳐 작은 그룹을 만든 자들도 있었다.

　하지만 모두가 부질없는 몸부림 이라는 사실을 알고 있었다.

　이들 대부분은 죽음을 맞이하게 되어 버렸고 이건 피할

수 없는 운명이나 마찬가지였다.

사람들이 띄엄띄엄 모여 있는 형태로 보아 이미 수십 개의 작은 그룹으로 나뉜 것을 알 수 있었는데 한쪽 무리들이 나누는 대화가 들려왔다.

"생존률이 평균 5% 이내라고 하는데 우리는 살 수 있을까?"

"쳇! 여자들 중에는 벌써 빠져나간 자들도 있다니까. NPC에게 포기라고 하니까 몇몇 미녀들은 어디론가 사라져 버리더군. 어디로 가고 무엇을 하는 지는 몰라도 이런 남녀 차별이 있다니 세상 참 불공평해."

"절대자가 선택한 랜덤은 그 누구도 막을 수 없어. 대통령의 빽이 있어도 아무리 돈이 많다고 하더라도 절대 빠질 수 없어. 어떤 면에서는 과거 헬 조선 시대보다 공평하다고 해야 할까?"

사내의 말이 끝나자 누군가 한쪽을 바라보며 말했다.

"꼭 그렇지는 않은 것 같군."

모두의 시선이 사내가 바라본 쪽으로 향했다.

사내가 바라본 쪽에는 쓰레기 등급이라고는 믿어지지 않을 정도로 화려한 갑옷과 무기로 중무장을 하고 있는 사내들이 보이고 있었다.

밖에서 성채를 수호하는 가디언이라 해도 믿을 정도로 고급스러운 장비를 착용하고 있는 자들은 놀랍게도 NPC가 아닌 인간들이었다.

식사 시간인 듯이 이들은 에너지바를 먹고 있었는데 다른 플레이어들처럼 에너지바를 아끼는 기색은 전혀 보이지 않고 있었다.

사내가 쓸쓸하다는 듯이 말했다.

"그 누구라도 각성자로 부름을 받는 것을 취소시킬 수는 없어. 하지만 경호원을 붙일 수는 있지."

"저들은 우리 같이 랜덤으로 들어온 자들이 아니야. 돈을 받고 누군가를 지키기 위해 온 자들이지. 뭐 일종의 용병이랄까?"

경호원의 장비들을 살펴 보고 있던 누군가 말했다.

"장비부터 다르군."

"레벨도 다를걸? 저들은 이미 예전에 각성을 끝마치고 스킬북 뿐만 아니라 상급 무기까지 갖춘 자들이야."

"쳇! 저놈들은 에너지바도 쌓아놓고 있더라고."

"어떻게 저런 자들이 생존도에 들어온 것이 가능하지? 이건 공평하지가 않잖아!"

"돈으로 매수 해 주었겠지."

한성은 경호원들이 있는 쪽을 바라보았다.

동료들이 식사를 하고 있는 가운데에서도 두 명의 사내들은 누군가를 경호한다는 듯이 서 있었는데 사내들의 안쪽으로는 겁을 먹고 있는 몇몇 플레이어들이 보이고 있었다.

이 들 역시 일반 플레이어와 똑같은 플레이어들 이었다.

다만 일반인들과는 비교할 수 없을 정도로 큰 돈을 가지고 있는 플레이어들 이었다.

전 세계에서 돈이 많은 거부들은 자신이나 자신들의 자녀가 끌려갈 것을 대비하여 막대한 돈을 지불하여 경호원들을 붙였다.

선수금만하더라도 상당한 금액이었고 이들이 살아 돌아갈 경우 평생 동안 부귀영화를 누릴 수 있을 정도의 거액이 지불되었으니 경호원들의 신경은 온통 경호대상에게 집중되고 있었다.

실제로 생존도에서 끝까지 살아남은 자들 중 상당수가 경호원들의 경호를 받아 살아남은 자들이었다.

불공정하기는 했지만 절대자는 이런 행위를 알면서도 묵인해 주고 있었다.

한성은 시선을 주변으로 돌렸다.

지난 일주일 동안 한성은 이곳에 없었지만 어떻게 상황이 진행되었는지는 이미 알고 있었다.

세이프존으로는 매일 가디언들이 사라지면 곧바로 몬스터들이 습격을 해 왔다.

처음에야 살기 위해서 플레이어들은 힘을 합쳤지만 곧바로 식량 부족이라는 현실에 부딪치게 되었다.

식량이라고는 몬스터가 떨어뜨려 주는 에너지바가 주력이었는데 사람들의 숫자에 비해 얻을 수 있는 에너지바의 숫자는 현저하게 적었다.

일주일간의 굶주림은 벌써 나약한 자들을 버리게 하고 있었다.

주변에서는 신음에 가까운 목소리들이 울려 퍼지고 있었다.

"으… 배고파요."

"에… 에너지바를……."

성채 안 곳곳에 굶어 쓰러져 있는 사람들이 가득했지만 그 누구도 이들을 보살피는 사람들은 없었다.

이들에게 다가간 한성은 가지고 있던 에너지바 몇 개를 내밀었다.

눈 앞에서 떨어진 먹이를 본 개처럼 플레이어들은 달려들면서 에너지바를 먹기 시작했다.

고맙다는 말을 할 겨를도 없는 듯이 플레이어들은 식욕의 본능을 느끼며 짐승 처럼 달려들고 있었다.

에너지바를 나누어 준 한성은 계속해서 걷기 시작했다.

이곳에서 자신을 알아 볼 사람은 없었지만 어찌된 일인지 이들과 눈이 마주치는 것이 꺼려졌다.

한성은 의도적으로 시선을 피하며 걷고 있었는데 순간 한성의 걸음이 멈추어 졌다.

앞쪽에서 한 무리의 사내들이 자신을 향해 다가오기 시작했다.

사내들은 하나 같이 손에 죽창을 들고 있었는데 쓰레기 등급 무기이기는 했지만 이들이 들고 있는 죽창은 쓰레기 등급 무기 중에 가장 좋은 무기였다.

중앙에 있는 사내가 대장이라는 듯이 사내는 가장 앞쪽에 있었는데 사내는 한성을 처음 보겠지만 이미 한성은 그를 상세하게 알고 있었다.

박유상.

세이프 존 A에서 제일 먼저 파벌을 만들고 짧게나마 세이프 존 A의 리더가 된 자.

단 그 방법이 상당히 치사했고 결국 자신을 믿고 따른 플레이어들을 가차 없이 버린 자.

모두가 함께 살자는 생각을 가졌던 다른 그룹의 리더들과는 다르게 처음부터 전투에 도움이 되지 않는 자들은 철저하게 버린 사내였다.

유상 말고도 파벌을 만든 이들은 여러 명 있었는데 이 자가 최악의 인물이었다.

그리고 이 자는 생존도에서 끝까지 살아남았었다.

마음속에서 악마가 속삭이는 것 같았다.

'거 봐라. 이런 자가 살아남는 거다. 어설프게 타인을 생각하면 죽는 긴 네 놈이다.'

유쾌한 만남이 아니었지만 이런 한성의 마음을 모른다는 듯이 유상은 실실 웃으며 손을 흔들었다.

유상은 한성에게 볼일이 있다는 듯이 다가오고 있었는데 뜻 밖의 말이 들려왔다.

"선물이다!"

유상은 인사도 하기 전에 한성에게 들고 있던 죽창을 던져 주었다.

〈생존도 죽창〉
공격력: 9-19
등급: 쓰레기
설명: 쓰레기 등급 중에는 최고 위력. 사정거리가 길어서 초보자에게 추천.

유상은 한성이 무기를 가지고 있지 않는다고 생각했는데 사실 한성에게는 하급 단검이 있었던 탓에 쓰레기 등급인 죽창을 쓸 필요는 없었다.

"우리가 가지고 있는 죽창 중에는 가장 높은 공격력의 무기다. 선물로 주지."

"필요 없다."

곧바로 한성은 죽창을 던져 주었다.

의아하다는 표정을 지은 유상은 한성을 바라보며 말했다.

"이야. 지금까지 밖에서 살아 있는 사람이 있을 줄은 몰랐는데? 어떻게 일주일이나 홀로 생존한거지? 아니면 다른 동료들이라도 있었나?"

한성은 대답하지 않고 유상의 주변을 바라보았다.

그의 곁에는 부하들로 보이는 여섯 명의 사내가 서 있었다.

하나 같이 낯이 익기는 했지만 결국 이들 중 끝까지 살아남은 자는 유상 혼자였다.

"박유상이라고 한다."

이미 알고 있었지만 유상은 자신의 이름을 밝히며 손을 내밀었다.

유상은 악수를 하겠다는 듯이 손을 내밀고 있었지만 한성은 손을 붙잡지 않고 있었다.

시선이 유상의 손에 향했다.

얼마나 많은 자들이 그의 손에 죽어갈까?

유상이 내미는 손에서 원한이 섞인 붉은 피가 흘러내리는 것이 보이는 것 같았다.

곧 벌어질 일을 알고 있었지만 바꿀 수 없는 자신의 무력함에 화가 끓어 올랐다.

손을 붙잡지 않은 채 노려만 보는 한성의 모습에 유상은 민망한 듯이 손을 거두어들였다. 뒤쪽에 있던 다른 사내가 성을 냈다.

"이봐!"

화를 내려는 사내를 한 손으로 제지하며 유상이 말했다.

"하하하! 이해가 되지. 지금 같은 상황에서는 다들 신경이 곤두서 있을 테니까 말이야. 하지만 지금 같이 어려운 시기에 모두 힘을 합쳐야 하지 않을까? 실제로 우리가 그룹을 만든 후로 첫날에 비해 갈수록 희생자들이 줄어들었어. 이제는 더 이상 몬스터의 습격에 겁을 먹지도 않아. 약한 힘이라도 뭉치면 살수 있다고. 우리랑 함께 하자고."

한성은 이자의 의도를 단번에 알아차렸다.

홀로 밖에서 일주일간이나 생존했다는 것은 이미 생존기술을 습득하고 있다는 것을 의미했다.

지금이야 사람들이 경황이 없어서 제대로 된 그룹을 만들지 못할지 몰라도 곧 있으면 파벌을 이루게 될 텐데 가급적 한명이라도 자신의 그룹으로 데리고 있는 것이 유리했다.

즉 이자는 지금 자신을 영입하려는 생각이었다.

"밖에서 힘들었지?"

유상은 인벤토리에서 에너지바 하나를 꺼내 한성에게 주겠다는 듯이 내밀었다.

인벤토리에는 에너지바가 무려 32개나 있다는 것이 보이고 있었는데 한성은 그가 자신의 세력을 과시하고 있다는 것을 알고 있었다.

환심을 사겠다는 듯이 유상은 한성에게 에너지바를 내밀며 말했다.

"공짜니까 받으라고. 우리랑 함께 하면 굶을 죽을 일은 없어. 혼자서는 결코 살아남을 수 없으니 우리와 함께 하자고!"

냉소를 머금은 한성이 답했다.

"너무 헐값이군."

"응?"

"에너지바 한 개는 너무 헐값이 아닐까?"

곧바로 한성은 자신의 인벤토리를 열어 보여 주었다.

인벤토리 안에는 8개의 에너지바가 보이고 있었다.

혼자서 벌써 이정도의 에너지바를 모은다는 것은 상상도 할 수 없는 일이었다.

유상의 곁에 있던 사내들은 놀란 표정을 지었지만 유상은 크게 웃어 보였다.

"흠하하하! 이거 내가 사람을 너무 얕본 것 같군. 하지만 말이야 아무리 뛰어나다 하더라도 혼자서는 결코 속도를 낼 수 없어. 이건 아직 모르는 사람들이 많은데 내가 하나 가르쳐 주지. 그룹으로 강한 몬스터를 잡으면 혼자 잡는 것보다 훨씬 더 많은 경험치를 올릴 수 있어. 혼자서 한다면 결국 고립되고 뒤처지게 될 뿐이야."

이 말은 틀린 말은 아니었다.

혼자서 상대할 수 있는 몬스터에는 한계가 있었고 그에 따라 얻는 경험치와 무기 역시 한계가 있었다.

실제로 과거 자신 역시 홀로 활동을 하다 다른 그룹과 같이 활동하게 되었는데 지금은 그걸 걱정할 상황이 아니었다.

지금 내일 닥쳐올 큰 파도를 알고 있는 자는 자신이 유일했다.

자신을 한심스럽게 보는 한성이 이상하다는 듯이 유상은 어네지.바를 도로 집어넣으며 말했다.

"이상한 사람이군."

유상은 작전을 바꾸었다는 듯이 경호원으로 들어온 자들을 힐끗 보며 말했다.

"저기 돈 많은 자제분들 경호하는 자들은 우리를 보호해주지 않아. 철저하게 자신들의 고객들만 관리한다고. 자네도 빈민 출신으로 보이니 힘없고 빽 없는 자들끼리 서로 뭉쳐야 하지 않을까?"

틀린 말은 아니었지만 힘 없는 자들은 철저히 방패로 삼으며 권력자에게 기대에 끝까지 살아남은 자의 말이었으니 전혀 들려오지 않았다.

대답대신 한성은 물었다.

"하나 묻겠다."

의외의 표정을 짓고 있는 유상에게 한성은 물었다.

"벌써 파벌을 만든 것 같은데 만일 감당할 수 없는 적이 등장하면 어떻게 할 거지?"

"당연히 끝까지 싸워야지."

당연히 거짓말이라는 사실은 알고 있었다.

한성이 물었다.

"그 말 책임 질 수 있나?"

"흐음. 어떻게 보여줄 수 있을까? 뭐 내가 무슨 말을 한다 하더라도 믿지 않을 테니 내 곁에서 살펴보는 것이 어때?"

말이 좋아 단합이지 실제로는 야합이나 다름없었다.

한성은 대꾸하지 않았다.

오히려 뻔뻔하게 말하는 유상이 가증스럽게 느껴졌다.

유상을 가증스럽게 바라보고 있던 중 불현 듯 머릿속을 스치는 생각이 들었다.

'나 역시 당당하다고 말할 수 있을까?'

과거 자신은 유상처럼 타 플레이어들을 이용하지는 않았지만 도움을 주지도 않았었다.

옆에서 사람들이 죽어갔음에도 자신의 안위만을 걱정했고 지금 자신이 가증스럽게 여기는 유상과 자신이 동급으로 느껴지고 있었다.

그때였다.

[삐용! 삐용!]

경보음이 울리며 이내 기계음이 울려 퍼지기 시작했다.

[가디언이 사라졌습니다. 지금부터 20시간 동안 몬스터로부터 지켜줄 가디언은 없습니다.]

각각의 지역마다 관리를 하는 인물이 다른 듯이 지금까지 들려온 기계음과는 다른 목소리 이었다

전투에서 벌어지는 기계음은 이미 세팅이 되어 있는 목소리가 아닌 실제 실시간 라이브로 중계를 하는 듯 한 기계음이었는데 반갑지 않은 초등학생의 목소리가 들려왔다.

[5분 후 몬스터 습격! 각오하셈!]

몬스터의 습격을 알리는 알람에도 불구하고 유상은 반갑다는 듯이 말했다.

"오호! 벌써 시간이 되었군!"

유상은 한성을 향해 말했다.

"우리의 실력을 보라고! 서두르지 않으면 들어오고 싶어도 들어오지 못하게 되니까 말이야."

곧바로 유상은 명령을 내리기 시작했다.

"각자 위치로!"

"서둘러! 에너지바를 최대한 확보한다!"

외침과 동시에 플레이어들은 자신의 위치로 움직이기 시작했다.

유상의 그룹 뿐만 아니라 다른 그룹들 역시 바쁘게 움직이고 있었다.

미리 암묵적으로 자신들의 구역을 정해 놓은 것처럼 보이고 있었는데 유상이 이끄는 그룹이 가장 컸다.

무려 서른여명의 인원은 진형을 갖춘 채 북쪽 성문으로 이동하여 사냥을 시작할 준비를 하고 있었다.

"비키라고!"

"여긴 우리 그룹이 활동하는 구역이야!"

유상의 그룹은 철저히 다른 그룹 인원들을 밀어버렸고 소규모로 활동하는 자들은 하나 같이 밀려나고 있었다.

한성은 시선을 경호원들쪽으로 향했다.

다른 긴장된 플레이어들과는 다르게 이들은 담담한 표정

을 짓고 있었다.

재벌가의 경호가 가장 중요하다는 듯이 이들은 자신들의 고객만을 경호할 뿐 다른 이들의 생사에는 전혀 신경조차 쓰지 않는 듯 해 보였다.

다만 이들 역시 에너지바가 중요하다는 사실은 알고 있는 탓에 소수의 몇몇을 제외하고는 무기를 꺼내들고 있었다.

모두들 바쁘게 움직이고 있는 가운데 한성은 성채의 가장 높은 곳으로 올라갔다.

이미 에너지바는 충분했다.

과거에는 에너지바를 구하기 위해 밑에서 준비하고 있는 자들처럼 바쁘게 움직이기 시작했지만 지금은 에너지바의 획득 보다 상황 파악이 우선 이었다.

한 눈에 성채 주변이 보이는 곳에서 관전을 하겠다는 듯이 한성은 성채 안에 있는 건물들중 가장 높은 건물로 향했다.

건물 입구에 다다르자 생존도 지도가 보이고 있었다.

다만 플레이어들에게 공개되어 있는 부분은 성채 주변만이 보이고 있었으니 현재로서는 무용지물이나 마찬가지였다.

플레이어들은 모르고 있겠지만 지금 있는 곳은 섬의 가장 북부 지역 이었고 남쪽과 서쪽 동쪽 끝에도 이곳처럼 또 다른 세이프 존이 마련되어 있었다.

이곳에 있는 자들 대부분은 자신들이 있는 섬의 위치 조자 제대로 알지 못하고 있었고 타 지역의 세이프존의 위치까지 모르는 자들이 대부분 이었다.

이미 경험해 본 한성은 모든 위치를 파악하고 있었지만 마음이 무거운 것은 같았다.

'산 넘어 더 큰 산이 기다리고 있다.'

스킬을 가지고 있었지만 아직 발휘할 수 있는 스킬은 몇 가지 되지 않았고 어설픈 실력으로 스킬을 발휘 한다면 차라리 도망만 다니는 것 보다 위험에 빠질 것이 분명했다.

한성이 이런 생각을 하고 있는 동안 성채 밖으로는 흐물거리는 빛이 생성되기 시작했다.

흐물거리며 나타나는 빛은 하나의 형상을 만들어내기 시작했고 기계음으로부터 설명과 동시에 미션이 주어졌다.

[몬스터 출현! 데빌 레빗!]

[데빌 레빗 6000마리를 잡으시면 몬스터의 습격이 멈춥니다!]

[데빌 레빗은 에너지바를 자주 줍니다! 식량을 확보하세요!]

[지금이 레벨을 올릴 절호의 기회! 날마다 오는 기회가 아닙니다!]

플레이어들의 전투 참여를 독려라도 하는 듯이 관리자는 설명을 하고 있었고 상황을 지켜보고 있던 플레이어의 외침이 울려 퍼졌다.

"저기 온다!"

어느새 성채 주변으로는 토끼 얼굴을 하고 있는 몬스터가 수도 없이 나타나기 시작했다.

"어제와 똑같아!"

"서둘러!"

쇠망치를 들고 있는 토끼 몬스터가 나타났지만 플레이어들에게 전혀 겁먹은 기색은 없었다.

아직 플레이어들의 레벨이 높지 않은 탓에 지금 출현하는 몬스터들은 최저 레벨의 몬스터 중에 하나였다.

데빌 레빗 역시 마찬가지였다.

망치를 들고 단순히 일 직전으로 다가오는 패턴은 저렙의 플레이어들에게 조차 전혀 위협을 주지 않았는데 오히려 이 부분이 문제가 되는 부분 이었다.

"돌격!"

"와아아아!"

함성과 동시에 앞 다투어 플레이어들은 뛰쳐나가기 시작했다.

무기를 앞세우고 달려 나가는 플레이어들은 몬스터가 아닌 보석을 발견했다는 듯이 서로 경쟁하며 달려가고 있었다.

"비켜! 내가 잡을 거야!"

"야! 그거 내거 라니까!"

쓰레기 등급의 몽둥이들로 무장을 한 플레이어들의 몽둥이

질과 죽창의 공격이 이어지기 시작했다.

데빌 레빗의 몸을 가격하는 소리가 울려 퍼졌다.

팍! 팍! 팍! 팍!

아무리 저렙이고 쓰레기 등급의 몽둥이었지만 데빌 래빗이 들고 있는 짧은 망치에 비하면 몽둥이는 상당히 유리한 무기였다.

"죽어! 죽어!"

몽둥이는 사정없이 데빌 레빗의 머리통을 갈겼고 피를 뿜으며 토끼들은 지상으로 쓰러져 가고 있었다.

데빌 레빗 역시 아이템으로 에너지바와 쓰레기 등급 무기를 떨어뜨려 주었는데 플레이어들이 간절히 원하는 것은 에너지바였다.

"아! 왜 안 나와!"

"나왔다!"

"서둘러!"

일주일이 지난 지금 플레이어들은 상당히 배고픔에 지쳐 있었다.

유일하게 먹을 것이라고는 에너지바와 세이프 존에 있는 NPC가 파는 빵과 과자가 전부였는데 현재 대다수가 보유하고 있는 G 포인트로는 NPC에게서 구입하기가 쉽지 않았다.

사정없이 토끼들을 학살하고 있는 가운데 모든 플레이어들의 머릿속으로는 똑같은 생각이 들고 있었다.

6000마리의 몬스터가 잡히면 그대로 종료.

에너지바는 10마리당 한 개 꼴로 떨어졌다.

즉 모여 있는 1800여명의 사람들 중 1200명에 가까운 사람들은 전혀 획득이 불가능한 상황이었다.

이것 역시 모두에게 똑같이 배분이 되었을 때의 가정이었지 실제로는 독점하고 있는 그룹들 때문에 에너지바를 얻지 못하는 사람들이 대다수일 것이 분명했다.

즉 지금 몬스터의 출현은 플레이어들 간의 경쟁이나 다름없었다.

플레이어들이 바쁘게 사냥을 하고 있을 때 정작 한성은 전투에 참여하지 않고 성채의 가장 높은 곳으로 올라가고 있었다.

과거에는 자신 역시 다른 플레이어들처럼 사냥에 열중하고 있었으나 에너지바를 충분히 보유하고 있는 지금은 다른 생각을 가지고 있었다.

플레이어들이 경쟁적으로 몬스터를 사냥하고 있는 가운데 한성은 성채 꼭대기에서 상황을 살펴 보고 있었다.

역시나 가장 강한 파괴력을 보이는 자들은 경호원들 이었다.

이미 경험을 통해 생존도의 특성을 알고 있는 경호원들은 빠르게 움직이며 자신들과 경호 대상들을 위한 에너지바를 확보하기 시작했다.

다른 지역과는 다르게 이들이 활약하는 곳은 폭풍이

몰아치고 있었다.

쓰레기 등급 몽둥이나 죽창이 아닌 잘 단련된 검이 휘둘러질 때 마다 스킬들이 빛을 발산하며 사방에 있는 몬스터들을 쓸어버리고 있었다.

쓰레기 등급의 아이템이나 하급 스킬북 따위는 필요 없다는 듯이 경호원들은 에너지바를 제외한 다른 아이템들은 바닥에 던져 버렸고 에너지바들만이 고스란히 이들의 인벤토리로 들어가고 있었다.

서너 명의 경호원들이 벌써 백여 마리가 넘은 데빌 레빗을 베어 버렸고 초초해진 일반 플레이어들 역시 서두르고 있었다.

나름대로 머리를 써서 빠르게 움직이고 있었지만 역시 저 레벨 상황에서 쓰레기 등급 무기를 들고는 결코 속도를 낼 수 없었다.

더군다나 서로 경쟁까지 벌이며 시비까지 붙어 버렸으니 우왕좌왕하는 것은 당연한 결과 였다.

혼란이 가득한 대부분의 그룹과는 다르게 유상의 그룹은 체계가 가장 잘 잡혀 있었다.

각성자 아카데미에서 어느 정도 교육을 받은 듯이 이들은 가장 효율적으로 몬스터를 제압하는 법을 알고 있었다.

세 명에서 한조를 이루어 찌르는 죽창은 위력 뿐만 아니라 속도까지 다른 그룹에 비해 월등했다.

다른 플레이어들의 접근을 차단한 채 자신들끼리만 파벌을 이루는 모습이 보기에 좋지는 않았지만 결과는 훌륭했다.

유상의 인벤토리에는 에너지바들이 쌓이고 있었고 이 와중에서도 유상의 머리는 빠르게 돌고 있었다.

'다들 에너지바에만 중점을 두고 있지만 사실 우리가 노리는 것은 레벨업이다. 지금은 모두가 저 레벨인 탓에 격차가 크지 않지만 우리가 몬스터를 독점해서 사냥하면 곧 레벨의 차이는 커지게 된다.'

아직 초반이라 큰 차이가 보이지 않고 있었지만 시간이 지나면 유상의 그룹과 다른 그룹의 차이는 확연히 벌어질 것이 분명했다.

어느 정도 시간이 흘렀고 벌판을 가득 뒤덮었던 데빌 레빗들의 모습이 사라지기 시작했다. 한성은 다른 이들의 눈에 띄지 않게 조용히 단검을 꺼내 들었다.

이미 에너지바는 여유 있게 보유하고 있었지만 레벨 11에서 또 하나의 스킬을 획득할 수 있었다.

[데빌 레빗 4600마리 학살! 곧 종료 됩니다!]

종료가 가까워 졌음을 알리는 메시지에 플레이어들은 서두르기 시작했고 한성은 그대로 성채 꼭대기에서 뛰어 내렸다.

일반 몸 이었다면 그대로 뼈가 으깨어질 높이 이었지만 10레벨이 넘은 순간 신체의 능력은 일반인의 신체와는 비교할 수 없을 정도로 초인의 능력을 발휘했다.

한성의 몸은 깃털이 된 것처럼 가볍게 땅위에 착지를 했다.

'속공!'

스킬이 작동되는 순간 한성의 몸은 빠르게 튕겨 나갔다.

순식간에 성채 밖으로 뛰쳐나온 한성의 눈은 이미 타겟을 설정하고 있었다.

암살자가 된 것처럼 조용하고 빠르게 한성은 데빌 레빗의 목을 베기 시작했다.

스으윽! 스으윽! 스으윽!

얼핏 보면 그냥 빠르게 레빗 토끼의 몸 주변을 지나가고 있는 것처럼 보였지만 한성이 지나간 곳에서는 레빗 토끼의 목이 분리되어 땅에 떨어지고 있었다.

가볍게 조용하게 휘두르는 한성의 공격은 타인의 눈에 띄지 않고 있었지만 그 위력 만큼은 어떤 플레이어 보다 강력했다.

[에너지바 획득!]

[2 G포인트 획득!]

인벤토리 안으로 에너지바와 G 포인트가 쌓이는 소리가 들려왔지만 한성은 쉴새 없이 움직이며 단검을 휘둘렀다.

토끼 인간의 목에서 빛이 번쩍일 때 마다 토끼 인간은 쓰러졌고 얼마 지나지 않아 다시 한번 레벨이 상승했음을 알려왔다.

[레벨 11!]

레벨 11에 닿자 한성은 멈추었다.

원했던 스킬이 달성되었음을 알리는 소리가 귓가에 울렸다.

[증폭 스킬 사용가능합니다.]

속공 스킬에 이어 지금 상황에서 한성이 목표를 했던 스킬은 증폭 이었다.

원했던 스킬이 발생된 것을 본 한성은 설명창을 바라보았다.

증폭: 1초 동안 순간적으로 자신의 레벨 보다 10단계 높은 레벨의 힘을 냅니다.

만렙일 경우 적용되지 않습니다.

쿨타임: 24시간.

자신이 상위 실력자가 된 이후에는 쓸 기회가 없었던 증폭 스킬이었는데 지금 같은 저렙에서는 요긴하게 쓸 수 있는 스킬이었다.

비록 증폭 스킬의 레벨이 1인 탓에 사용할 수 있는 시간은 1초 밖에 되지 않았지만 순간적이나마 21레벨의 힘을 폭발 시킬 수 있다는 것은 한 줄기 희망을 가지게 했다.

'증폭 스킬을 사용하면 뚫을 수 있을지도 모른다. 하지만.'

한성의 시선이 쿨타임으로 향했다.

쿨 타임이란 한번 스킬을 사용하고 다음 사용 할 수 있을 때 까지 걸리는 시간을 의미했는데 증폭 스킬은 24 시간의 쿨 타임이 있었다.

하루에 한번 1초간 사용 가능한 스킬.

즉 만일 강적과 승부를 벌일 경우 한 번의 기회를 놓치게 된다면 두 번은 없다는 것을 의미했다.

속공과 증폭 스킬 가지고 운명의 사슬을 끊을 수 없다는 것은 알고 있었지만 아주 작은 희망이 느껴지고 있었다.

더 이상 움직일 필요가 없었던 한성은 주변을 살펴 보았다.

최후의 한 마리라도 잡겠다는 듯이 플레이어들은 서두르고 있었는데 순간 사방을 가득 메우고 있던 데빌 레빗의 몸들이 사라져 버리며 기계음이 울려 퍼졌다.

[임무를 달성했습니다! 이것으로 튜터리얼에 가까운 전투는 모두 다 끝났습니다. 오늘은 더 이상 몬스터의 습격이 없습니다. 푹 주무시고 내일 부터는 더 강한 몬스터들이 출현하니 각오 단단히 하세요. 키득.]

마지막에 흘러 들려온 비웃음에 한성의 얼굴에는 그림자가 스며 들었다.

일반 플레이어들은 그냥 흘러 들어 버리고 있었지만 이건 강한 경고였다.

'시작이구나.'

이제 곧 벌어질 사태에 대해 한성이 고민하는 것과 동시에 비웃는 기계음을 끝으로 생존도에는 어둠이 찾아오기 시작했다.

NEO MODERN FANTASY STORY

**6. 지옥도.**

회귀의 절대자

## 6. 지옥도.

그날 밤.

어둠 속에서 사람들이 내지르는 고성이 곳곳에서 울려 퍼졌다.

이제 연습 게임이 끝났을 뿐이었지만 벌써부터 혼란은 시작되었다.

"아이씨! 약속이 다르잖아!"

"내 에너지바라고!"

"야 이 새끼야!"

"이 새끼 숨어 있다가 내가 잡은 것 가로채 버렸어!"

몬스터가 출현하지 않았지만 플레이어들의 싸움은 계속되었다.

법이 없으니 신용이라는 것이 있을 수 없었다.

약속이라는 것은 굶주림과 죽음의 앞에서 의미없는 단어에 불과했다.

배분에 불평을 갖은자, 자신의 노력 보다 훨씬 더 적은 배상을 받았다고 생각하는 자 등등 법과 규칙이 없는 상황에서 몬스터와의 싸움이 아닌 플레이어들 끼리의 싸움이 시작 되었다.

기본적으로 플레이어들 끼리는 상대방의 인벤토리에 있는 물품을 빼앗을 수 없었다.

인벤토리는 개인마다 가진 금고나 마찬가지였던 탓에 몸을 뒤진다고 해서 결코 볼 수 없었고 타인이 인벤토리를 보여 준다 하더라도 함부로 빼앗을 순 없었다.

그 사실은 모두 다 알고 있었지만 이미 몇몇은 이성을 잃어 버리고 있었다.

욕설과 함께 몽둥이 질 하는 소리가 들려온 후 사람의 목소리가 울려 퍼졌다.

"꺄아아악!"

"사람이 죽었어요!"

이곳에는 경찰도 법도 없었다.

사람이 죽었지만 처벌을 내리는 자는 없었고 오히려 사람들의 눈에는 죽은 플레이어 인벤토리에서 튀어 오르는 에너지바에 집중되고 있었다.

'원칙적으로 플레이어들은 서로의 물품을 빼앗을 수

없다. 죽이기 전까지는.'

플레이어가 획득한 상위 등급 무기는 귀속을 할 경우 죽인다 하더라도 빼앗을 수 없었지만 귀속을 하지 않은 무기나 인벤토리에 있는 아이템들은 죽는 순간 사방으로 튕겨 나갔다.

주인을 잃은 물건들은 그 누구라도 줍는 사람이 임자였다.

즉 에너지바나 정수 같은 물품들은 타인을 죽이면 빼앗을 수 있다는 것을 의미했다.

누군가 외쳤다.

"에너지바다!"

죽은 플레이어의 몸에서 가지고 있던 몇 개의 에너지바가 튀어 오르기 시작했다.

"저기 G 포인트도 있어!"

사람이 죽었음에도 플레이어들의 눈은 밖으로 튀어 나온 에너지바와 G포인트에게 집중되고 있었다.

먹이를 본 짐승들처럼 사람들은 달려오기 시삭했다.

제일 먼저 떨어진 에너지바를 집은 플레이어는 쑤셔 넣듯이 에너지바를 입에 넣었고 곧바로 사람들이 몰려들고 있었다.

NPC로부터 먹을 것을 살 수 있는 G 포인트를 붙잡은 사람들은 서로 싸우기 시작했다.

"내거야!"

"어? 쳤어?"

"이 자식이!"

몬스터의 습격이 없었음에도 불구하고 성채 안은 몬스터가 들어온 것처럼 소란으로 가득해 지고 있었다.

몇몇 사람들이 뜯어 말리고 있었지만 이내 싸움은 패거리 싸움으로 번지었고 싸움은 불길처럼 사방으로 번지기 시작했다.

인간의 기본적인 욕구인 식욕 앞에서 사람들은 무력해지고 있었고 플레이어들은 이성이 없는 동물과 똑같은 모습이 보이고 있었다.

폭행은 번지고 있었고 어느새 생존도는 지옥도로 바뀌어 있었다.

서로 엉겨 붙으며 욕설과 함께 에너지바를 향해 눈에 불을 켜고 있는 사람들은 지옥을 연상케 하고 있었다.

아직 진짜 지옥은 나타나지도 않았음에도 불구하고 이미 서로간의 신용이 깨어져 버린 플레이어들은 타인을 전혀 믿을 수 없게 하고 있었다.

이 점이 바로 자연적으로 그룹이 구성된 부분이었다.

그룹의 보호를 받지 못하는 자들은 철저하게 타깃이 되고 있었다.

이성을 잃은 가운데에서도 플레이어들의 두려움이라는 본능은 남아 있었다.

약탈을 하고 있는 자들은 철저하게 그룹에 속해 있지 않은 자들 만을 노리고 있었는데 인간의 추악함은 그대로 드러나고 있었다.

욕설과 구타의 소리가 밤의 고요함을 깨는 가운데 과거의 자신처럼 그 누구도 타인을 위해 나서는 자는 없었다.

그건 건물 지붕위에서 바라보고 있는 한성 역시 마찬가지였다.

한성은 유심히 플레이어들을 바라보고만 있었다.

관리자가 밤에 벌어지는 플레이어들의 미친 행동을 잘 보기 위해서였을까?

어두운 밤 이었지만 성채 곳곳에 박혀 있는 마광석들은 눈 앞에 벌어지고 있는 광경들을 생생하게 보여주고 있었다.

과거에는 신경을 쓰지 않았던 탓에 이렇게 까지 미쳐 버린 상황을 제대로 인식조차 하지 않고 있었는데 지금은 과거와는 다른 면이 보이고 있었다.

한성의 눈에는 죽음을 눈 앞에 둔 플레이어들을 조롱하고 있던 마승지나 눈앞에서 약탈을 하고 있는 자들과 똑같아 보였다.

'자기보다 약한 자만을 골라 괴롭히고 빼앗는다. 파벌을 만들고 계급을 만든다. 나도 같은가?'

그때였다.

내려다보고 있던 한성의 눈이 번쩍였다.

어둠속에서 두 명의 사내가 한명의 여자를 강제로 끌고 으슥한 곳으로 가는 것이 보이고 있었다.

인간의 본능인 식욕 다음은 성욕이었다.

사내 중 한명은 여자의 입을 손으로 막고 있었는데 여인의 입에서 도움을 요청하는 신음이 새어나오고 있었다.

"읍! 읍! 읍!"

여자는 끌려가지 않으려 발버둥 치고 있기는 했지만 자신의 몸을 끌 고가는 두 사내의 힘을 당해낼 수는 없었다.

저항하는 여자가 짜증이 난다는 듯이 사내가 소리쳤다.

"아이! 이년아! 발악하지 마! 확 죽여버릴 테니까!"

"어차피 소리 쳐도 도와줄 놈 없어!"

오히려 사내의 높아진 목소리가 주위의 시선을 끌고 있었다.

몇몇 이들이 놀란 듯이 바라보았지만 사내 중 한명이 죽창을 겨누며 눈을 부라렸다.

"우리가 어떤 그룹에 있는지 알지? 방해하면 네 놈들도 죽여 버린다!"

두 사내는 유상의 그룹에 속해 있는 자들 이었다.

당연히 이들을 제지하는 사람은 없었다.

오히려 몇몇 사내들은 부럽다는 듯이 바라보고 있었다.

개 끌려 가 듯이 질질 끌려가고 있는 여자를 보고 있었지만 한성은 움직이지 않고 있었다.

지금 이 모습도 과거에 본 모습이었다.

과거 한성은 자신만을 생각했던 탓에 타인의 위기나 어려움은 철저히 외면했었다.

과거처럼 무덤덤하게 바라보며 한성은 마음속으로 중얼거렸다.

'외면하고 외면하고 외면했었다.'

분명 옳은 선택이었다.

다만 분명 자신은 아무도 믿지 않았었고 자신만을 생각했었는데 결국 수 십년 후 배신을 당하고 비참한 최후를 맞이하게 되었다.

'카르마? 업보?'

생존도에서 외면했던 자들 때문에 자신이 비참한 최후를 맞이하였다고 생각하는 것은 지나친 비약이었지만 회귀라는 운명의 수레바퀴가 자신을 돌려놓은 것 같았다.

한성은 지붕 아래로 몸을 날렸다.

가냘프게 새어 나오는 신음 소리가 구원을 요청하고 있었다.

천천히 골목 쪽으로 발걸음이 움직이고 있었다.

골목길 안쪽에는 허름한 창고가 있었는데 두 사내는 한성이 온 줄도 모르고 여인의 몸을 탐내고 있었다.

한명은 여인의 두 팔을 붙잡으며 입을 막고 있었고 다른 한명은 여인의 하의를 벗기고 있었는데 여인의 몸에 정신이 팔린 이들은 한성이 다가온 줄도 모르고 있었다.

점점 더 다가가고 있는 한성의 눈에 거칠게 반항하는 여인의 몸부림이 보이고 있었다.

"아이 씨팔!"

여인이 발버둥이 짜증 난 다는 듯이 사내는 욕설과 함께 주먹으로 여자의 배를 내리찍었다.

"아악!"

처참한 비명이 울려 퍼졌음에도 사내들은 오히려 더욱더 흥분을 하고 있었다.

"씨발! 관리자에게는 가랑이 벌리려고 한 년 주제에 발악이네!"

꿈틀거리고 있던 여자의 몸은 더 이상 움직이지 못하고 있었다.

모든 것을 체념한 듯이 흐느끼는 소리만 들리는 가운데 여자의 팔을 붙잡고 있던 사내의 눈에 한성의 그림자가 보였다.

"어엇?"

사내가 놀란 표정을 짓는 순간 여자의 몸 위에 타고 있던 사내의 어깨위에 한성의 손이 내려 앉았다.

한성은 사내의 어깨를 잡고 뒤로 끌었다.

한 손으로 가볍게 당긴 듯이 보였지만 그 힘은 상당했다.

이미 레벨 차이가 현저하게 나 있는 상황에서 사내의 몸은 날아 가 듯이 밖으로 튕겨 나가 듯이 떨어지고 있었다.

"우아아앗!"

사내는 비명과 함께 한쪽으로 처박혀 버렸다.

동료가 날아가 창고 구석에 처박히는 모습을 본 또 한명의 사내는 벌떡 일어나 곁에 있던 죽창을 겨누었다.

"뭐냐!"

한성이 대답도 하기 전에 곧바로 사내는 죽창을 겨누며 달려들었다.

죽창이 뻗어왔지만 한성은 제자리에서 움직이지도 않은 채 가볍게 몸을 비틀었다.

무기는 꺼낼 필요도 없었다.

죽창이 옆으로 비켜나가는 순간 한성은 수도로 그대로 내리 찍었다.

우찌끈!

맨손이었지만 레벨업의 힘은 쓰레기 등급 무기인 죽창 따위는 충분히 부서 버릴 수 있었다.

"어억?"

죽창이 부러지는 순간 사내는 중심을 잃으며 휘청거렸다.

한성의 팔과 다리가 동시에 움직였다.

한성의 팔은 중심을 잃은 사내의 팔을 잡아당기며 한성의 다리는 사내의 다리를 걸고 있었다. 장난감을 가지고 놀 듯이 움직이는 한성의 행동에 사내가 할 수 있는 일은 비명을 내지르는 일 밖에 없었다.

"우와아아앗!"

자신의 몸을 날려 버릴 듯 한 괴력이 전해지며 순식간에 사내의 머리는 땅으로 처박히고 있었다.

바닥이 눈에 보이는 상황에서도 피할 수 없자 사내는 눈을 감았다.

머리가 땅에 부딪치려는 순간 한성은 사내의 팔을 끌어당겼다.

"으아악!"

바닥으로 처박히고 있던 사내는 아슬아슬하게 멈추었다.

사내를 잡아 일으킨 한성은 곧바로 사내의 붙잡은 팔을 놓아 주었다.

어느새 처음 처박혔던 사내도 몸을 일으키고 있었고 달빛이 새어 들어오는 가운데 사내들은 한성을 알아보았다.

"너, 너는!"

한성이 담담히 말했다.

"이럴 때 일수록 모두가 힘을 합쳐야 한다는 것은 네 놈 대장이 한말이 아니었나?"

이미 한성의 실력이 자신들 보다 높다는 것을 알고 있는 탓에 사내들은 더 이상 공격을 하지는 못하고 있었다.

한성은 귀찮다는 듯이 말했다.

"쓸데없는 일에 신경 쓰고 싶지 않다. 꺼지도록."

한성의 실력을 보았음에도 불구하고 사내들은 쉽게 물러서지 않고 있었다.

이들의 머릿속은 빠르게 계산되고 있었다.

아무리 한성이라 하더라도 한성은 혼자였고 이들은 벌써 백 명에 가까운 그룹을 이룬 상황이었다.

사내는 경고하듯이 말했다.

"너 우리 알지? 아무리 네 놈이 실력이 뛰어나다 하더라도 우리 전부를 당해내지는 못할 거다!"

한성은 대답대신 부러진 죽창을 들어 올렸다.

부러진 두 개의 죽창 조각을 각각 양 손에 들어 올린 한성은 사내들을 노려 보며 말했다.

"그럼 가서 고자질하기 전에 죽여야겠군."

"으음?"

겁을 먹을 줄 알았던 한성이 오히려 대담하게 나오자 겁을 먹은 쪽은 사내들 이었다.

사내는 손가락으로 흐느끼고 있는 여인을 가리키며 말했다.

"아! 이년은 말이야 면접 보고 떨어진 년이라고!"

처음 마승지가 말한 것처럼 미녀들에 한해서 '포기 선언' 을 하면 여자들 중 선택된 극소수는 생존도에서 빠져나갈 수 있었는데 지금 이 여자는 면접에서 탈락한 여자였다.

한성은 짧게 말했다.

"그래서?"

"어차피 우리는 님 몰라라 하고 몸 팔아서 빠져나가려다 실패한 년인데 데리고 노는 것이 뭐가 나쁜가!"

사내들에게 전혀 죄책감 따위는 느껴지지 않고 있었다.

다른 사내 한명이 음탕한 눈빛을 빛내며 물었다.

"아니면 네 놈 혼자 독차지 하려는 건가?"

대화를 나누고 싶지 않았다.

한성은 짧게 답했다.

"꺼져."

순간 빠른 움직임과 함께 한성은 양 손에 들려 있던 부러진 죽창을 집어 던졌다.

휘이익!

속공 스킬을 익힌 움직임은 플레이어들의 눈에 제대로 보이지도 않았다.

두 사내가 움직일 새도 없이 두 개의 부러진 죽창은 사내의 머리를 스치고 지나갔다.

"어억!"

반응을 보일 새도 없이 머리에 뜨거움이 스쳐지나가자 두 사내는 밖으로 달아나기 시작했다.

"두고보자!"

사내들은 앙갚음을 하겠다는 듯이 소리치며 달려 나갔다.

잠시 적막이 흐르는 가운데 뒤쪽에서 흐느끼는 소리가 들려왔다.

"흐흐흑!"

여인은 흐느끼고 있었는데 한성은 아무 말 없이 걷기 시작했다.

자신이 행한 일이 잘 한 일인지 아닌지는 몰랐다. 어차피 이 여자도 죽게 될 운명이었고 자신의 행동이 어떤 효과를 가져 올지는 몰랐다.

순간 뒤쪽에서 아주 작은 기어들어가는 듯한 목소리가 들려왔다.

"고, 고맙습니다."

잠시 발걸음을 멈추었던 한성은 걷기 시작했다.

스스로에게 위안하기 위해서였을까?

여인의 감사가 자신의 행동이 옳았음을 말해주는 것처럼 느껴졌다.

한성은 하늘을 바라보았다.

어둠 속에서 절대자의 비웃는 모습이 보이고 있는 것 같았다.

❖

아침.

날이 밝자 마자 경고음이 울려 퍼졌다.

[모두 전투 태세! 전투 태세! 5분 후 습격 시작!]

다른 때와는 다르게 경고유의 목소리는 더 컸다.

강한 몬스터가 출현한다는 예고에 플레이어들은 잔뜩 긴장하고 있었는데 한성 앞으로 유상이 찾아왔다.

유상은 어이없다는 듯이 웃음을 흘리며 말했다.

"후후. 지난밤에 우리 대원들이 신세를 졌다고 하더군. 아무래도 자네와는 악연이 되어 버리겠어."

"지금 나한테 신경 쓸 여유가 없을 텐데?"

한성은 멀리 앞에서 모이고 있는 빛의 형상을 가리키며 말했다.

빛들은 하나 같이 자리를 잡고 몬스터로 변신할 준비를 하고 있었다.

유상은 죽창을 내보이며 말했다.

"아! 조언 좀 해주려고. 사냥할 때 몬스터만 보지 말고 뒤쪽도 살펴 보라고 플레이어들의 죽창이 가끔 실수로 튈지 모르니까."

협박조로 말하고 있었지만 한성은 표정하나 바꾸지 않고 있었다.

이제 곧 들이닥칠 무시무시한 괴물에 비하면 유상은 어린애도 되지 않고 있었다.

지나가는 벌레 보듯이 아무런 표정 변화가 없는 유상은 벌컥 화를 냈다.

"네 놈의 그 무시하는 태도가 마음에 들지 않는 거다!"

곧바로 유상은 자신의 진형으로 돌아가 버렸다.

기계음이 시작을 알렸다.

[30분간 몬스터의 습격이 이어집니다! 버티면 됩니다! 버틸 수 있다면! 키득!]

지금까지처럼 몬스터 몇 마리를 죽이면 끝나는 퀘스트와는 다르게 지금 퀘스트의 달성 조건은 단순히 살아남는 것을 요구했다.

플레이어들은 다소 긴장한 표정을 지었지만 연전연승을

기록하고 있던 탓에 사기는 최고조로 올라 있었다.

"30분만 버티면 승리다!"

"우리는 숫자가 많아! 몬스터가 더 강해졌으니 떨어뜨리는 에너지바도 훨씬 더 많을 거라고!"

"버티기라면 숨어만 있어도 되잖아!"

한성은 고개를 흔들었다.

몇 마리를 해치우라는 것 보다 훨씬 더 쉬워 보이는 퀘스트는 난이도가 더 어렵다는 것을 의미했다.

기계음이 출현 몬스터를 알려 왔다.

[출현 몬스터는 베어맨과 지옥견!]

몬스터의 난이도가 크게 올라가기 시작했다.

레빗 토끼와 같이 약한 몬스터는 더 이상 출현하지 않았고 한 눈에 보아도 강하게 생긴 몬스터들이 나타나고 있었다.

생전 처음 보는 몬스터의 출현에 플레이어들이 술렁거렸다.

"우와 곰이다! 두 발로 걸어오네!"

"곰이 갑옷을 입고 있어!"

"속도는 느려 보이는데?"

"가자!"

베어맨은 곰의 형상을 한 인간이었는데 무기로 커다란 몽둥이를 들고 있었다.

속도는 상당히 느린 편 이었지만 맷집은 상당했고 휘두르는 몽둥이의 파괴력은 상당했다.

베어맨의 느린 속도를 얕본 플레이어들이 나가려는 순간 멈칫 거렸다.

"불, 불덩이! 아니 개다!"

불덩이가 움직이는 것처럼 보이고 있었는데 실상은 불길로 온 몸을 감싸고 있는 개였다.

지옥견은 온 몸을 불로 불태우고 있는 사냥개 이었는데 그 속도를 따라갈 플레이어는 없었다.

어제 보다 강한 몬스터가 왔다는 경고에도 불구하고 몇몇 플레이어들은 에너지바의 유혹을 떨쳐 내지 못했다.

"숫자가 많지는 않아! 쪽수로 밀어 붙여!"

몬스터의 숫자는 많지 않았던 탓에 몇몇 플레이어들은 숫자를 믿고 달려들었지만 곧바로 처참한 비명이 뒤따라 왔다.

풍차를 돌리듯이 베어맨은 몽둥이를 휘둘렀고 지옥견들은 입에서 불을 뿜어 냈다.

얼핏 보면 랜덤으로 몬스터가 출현한 거라 생각할 수 있었지만 사실 지옥견은 베어맨의 느린 속도를 보완 해 주었고 베어맨은 지옥견의 약한 맷집을 커버해 주는 역할이었다.

베어맨과 지옥견의 시너지 효과는 그대로 나타났다.

"아아아악!"

"우와! 이거 너무 세!"

"달아나!"

지금 등장한 몬스터들의 레벨은 저렙의 플레이어들이 감히 상대할 상대가 아니었다.

일직선으로 다가오며 단조로운 공격으로 일관했던 데빌 레빗과 다르게 지옥견의 움직임은 예측할 수 없는 움직임이었고 베어맨의 맷집은 상상을 초월했다.

몇몇 죽창들이 베어맨의 몸을 관통했지만 베어맨은 괴성과 함께 들고 있던 몽둥이를 휘두르며 플레이어들을 날려 버리고 있었다.

"안 죽어!"

"불 이다!"

"저 개 한테 가까이 가지마!"

지옥견의 몸이 플레이어들을 스쳐 지나갈 때마다 지옥견의 몸에 붙어 있었던 불길이 옮겨 붙기 시작했다.

"으아아아!"

당황한 플레이어들의 비명이 울려 퍼지고 있을 때 한성은 전투와는 거리가 먼 쪽에서 전투에 참여하지 않는 자늘과 함께하고 있었다.

성채 안에서 벌벌 떨고 있던 자들은 한성의 지시에 따라 분주히 움직이고 있었다.

"이쪽으로."

한성은 한쪽 구석에 대피해 있던 여자들과 노약자들을 안내하고 있었다.

이제 곧 성채 안으로 몬스터들이 들어올 것을 알고 있었고 이들을 보호해 줄 자들은 그 누구도 없었다.

경호원 부대의 사람들은 플레이어들이 자신들에게 의존할 것을 알고 있었다는 듯이 일찌감치 자리를 피해 있었다.

과거 한성은 상황을 지켜 볼 생각으로 성채 밖으로 나가지 않고 안쪽에서 수비 위주로 있었는데 이 당시 보호받지 못한 자들은 모두 다 죽음을 맞이하게 되었었다.

한성이 이들을 이끈 곳은 창고의 옥상이었다.

성채 안에서 이 몬스터들은 지금 상황에서는 결코 상대할 수 없는 몬스터들 이었고 할 수 있는 최선의 방법은 피해를 최소한으로 하는 방법 밖에 없었다.

옥상이 사람들로 가득 차자 한성은 옥상으로 연결된 문을 닫았다.

베어맨이나 지옥견은 닫혀 있는 문을 열지 못했다.

1층에서 모습을 보인다면 문을 부수고 들어올 수는 있어도 날 수 있는 스킬이 없는 이상 이렇게 낮은 높이라도 높게 올라가면 직접적인 공격은 피할 수 있었다.

더군다나 아직까지 출현한 몬스터는 지능이 높지 않았던 탓에 눈에 보이는 플레이어만을 공격 가능하다는 사실까지 한성은 알고 있었다.

두려움에 떨고 있는 사람들에게 한성이 말했다.

"가지고 있는 죽창이나 던질 수 있는 무기를 모두 다 주십시오."

곧바로 사람들은 가지고 있던 쓰레기 등급 무기들을 한성 앞에 놓기 시작했다.

 수북이 무기들이 쌓여 있는 가운데 한성은 상황을 지켜보았다.

 과거의 기억처럼 플레이어들은 도망을 다니는 것에 급급했다.

 성채 밖으로 뛰어 나와 닥치던 대로 사냥을 했던 어제와는 다르게 전 반대의 상황이 펼쳐지고 있었다.

 플레이어와 몬스터의 역할이 뒤바뀐 듯이 순식간에 플레이어들은 삭제되다 시피하며 사라져 가고 있었다.

 "으아아아!"

 "살려줘!"

 플레이어들의 함성 소리가 커질 때 마다 몬스터의 숫자는 불어나고 있었다.

 '온다!'

 비명 소리가 가까워 지면서 한성은 죽창을 굳게 쥐었다.

 성채 안으로는 밀물을 막고 있던 댐이 터진 듯이 몬스터들이 쏟아져 들어오기 시작했다.

 제일 먼저 온 몸을 불길로 감싸고 있는 지옥견의 모습이 보이기 시작했다.

 성채 높은 곳에서 유리한 위치를 선점하고 있던 한성은 안쪽으로 들어온 몬스터를 향해 죽창을 집어 던지기 시작했다.

탁! 탁! 탁!

죽창이 꽂히는 소리가 울려 퍼지고 있었지만 한성은 미간을 찡그렸다.

타 플레이어보다 레벨이 훨씬 높은 상황이었지만 쓰레기 등급의 죽창은 위력을 제대로 발휘하지 못하고 있었다.

지옥견은 어느 정도 잡을 수 있었지만 베어맨은 덩치값을 한다는 듯이 머리에 죽창이 꽂힌 채로 한성을 향해 다가오기 시작했다.

'모였다!'

한성이 의도한 계획이었다.

지능이 높지 않은 탓에 몬스터들은 닿지 않을 거리이었지만 한성을 향해 두 팔을 허우적 거리고 있었다.

위쪽에서 한성은 가차 없이 죽창을 내리찍었다.

푹! 푹! 푹!

베어맨의 강점이 맷집이라는 것을 말해주기라도 하듯이 머리에 창이 꽂혔음에도 베어맨은 한성을 향해 몽둥이를 휘두르고 있었다.

거리를 두고 위쪽에서 대비하고 있는 한성이 이런 공격에 맞을리는 없었다.

'아직 이 몬스터들은 무기를 던질 줄도 모르고 피할 줄도 모른다.'

몬스터들의 약점을 알고 있는 한성은 처음부터 자신을 미끼로 몬스터들을 모을 생각 이었다.

세 번을 정확하게 머리에 연달아 내리찍고서야 비로소 베어맨은 제 자리에서 쓰러졌다.

근처에 있는 베어맨을 모두 다 죽이고도 한성은 남아 있던 모든 무기들을 집어 던지기 시작했다.

휙! 휙! 휙!

푹! 푹! 푹!

던지는 창은 정확하게 몬스터의 몸에 꽂히고 있었고 몬스터들의 시체는 빛으로 바뀌며 몬스터의 몸에서 나온 빛은 한성의 인벤토리로 들어가고 있었다.

[에너지바 획득!]

[10 G 포인트 획득!]

[에너지바 획득!]

[하급 정수 획득!]

[레벨 12!]

높은 곳으로 피신한 탓에 일시적으로 위험을 피할 수는 있었지만 이것으로 해결된 것은 아니었다.

던질 수 있는 무기가 모두 다 떨어지자 한성은 그제야 멈추었다.

'이제는 시간이 가기를 기다릴 수 밖에.'

아직 몬스터들이 판을 치고 있었지만 내려가서 싸운다는 것은 불가능했다.

한성은 획득한 에너지바들을 플레이어들에게 나누어 주었다.

"충분치 않으니 나누어 드십시오."

플레이어들은 한성에게 감사를 표했고 어느새 비명소리와 울음 소리가 사방으로 퍼지며 지옥을 연상케 하는 30분의 시간이 지났다.

30분이 지나자 몬스터들은 순식간에 사라져 버렸다.

[30분 휴식! 30분 후에 또 옵니다!]

점점 더 강해지는 몬스터들 보다 죽여도 죽여도 끝없이 온다는 사실이 플레이어들에게 더 공포를 주고 있었다.

물론 공포에 저항하는 자들도 있었다.

"입구 막아!"

"남아 있는 죽창들을 묶어서 입구 쪽으로 배치 시켜!"

처절할 정도의 패배에도 불구하고 인간의 투지는 꺾이지 않고 있었다.

단 한번의 공격으로 상대 몬스터의 두려움을 알게 된 플레이어들은 방어선을 구축하는 쪽으로 작전을 바꾸었다.

성채 안으로 들어올 수 있는 입구는 동서남북 네 개가 있었는데 플레이어들은 입구에 바위와 돌무더기를 쌓아 최대한도로 수비 위주로 작전을 바꾸었다.

플레이어들이 머리를 쥐어 짜 낸 작전은 어느 정도 효과가 있었다.

일단 입구 밖으로 나가지 않고 죽창으로 장애물을 만든 후 버티니 몬스터들은 쉽게 들어오지 못했다.

몬스터의 레벨이 높아지기는 했지만 아직까지 지능은

인간의 머리를 따라오지 못하고 있었다.

눈 앞의 방어책은 보이지도 않는다는 듯이 플레이어들만 바라보며 일직선으로 달려오는 몬스터들은 바보처럼 그대로 쌓아놓은 죽창에 명중되고 있었다.

푹! 푹! 푹!

멍청하게 일직선으로 달려온 몬스터들은 죽창에 찔린 채로 바동거리고 있었는데 유상이 외쳤다.

"좋아! 함정에 걸렸다! 공격!"

움직임이 고정되어 버린 몬스터들을 향해 플레이어들은 죽창을 집어 던지기 시작했다.

쓰레기 등급 무기에 저렙의 플레이어들이 던지는 위력은 한성이 던질 때 만큼의 위력이 나오지 못하고 있었지만 미약하게나 타격을 주는 공격은 쌓이고 쌓여 베어맨을 쓰러뜨리고 있었다.

모두가 살기위해 바동거리고 있었지만 한성은 고개를 흔들고 있었다.

'일단 불은 끌 수 있다. 하지만……'

지금 문제는 이런 하급 몬스터 따위가 아니었다.

곧 끝판 왕 디케이가 등장할 시간이 가까워지고 있었다.

30분씩 반복되어 몬스터의 공격과 플레이어들의 방어가 이어지는 가운데 마침내 가디언이 등장할 시간이 되었다.

[가디언 등장! 4시간 동안 휴식을 취할 수 있습니다!]

성채 주변으로 가디언들이 등장하자 비로소 플레이어

들은 안도의 한숨을 내쉬었다.

오늘 반나절 동안 죽어간 플레이어의 숫자만 하더라도 100명이 넘었으며 획득한 에너지바의 숫자 역시 현저하게 줄어들어 버렸다.

지난 며칠 간 있었던 플레이어들의 승전은 어느새 머릿속에서 사라져 버렸다.

이제 연습게임은 끝나고 본게임이 시작되었다는 것에 플레이어들은 잠시 잊었던 공포를 다시 맛보고 있었다.

강해진 몬스터의 공격에 삶을 체념한 플레이어들의 숫자는 늘어났고 분위기는 극도로 침울해지고 있었다.

"정수! 정수 없나요?"

"부상이 심각합니다! 정수!"

부상을 당해 회복의 정수를 찾는 사람들이 가득했지만 그 누구도 도움을 주는 이는 없었다.

수비 위주로 재편성 한 것은 사상자의 숫자를 줄일 수는 있었지만 반대로 획득할 수 있는 아이템 역시 줄어드는 것을 의미했다.

에너지바의 개수는 크게 줄어들었고 가뜩이나 부족했던 식량은 더욱더 부족해져 가고 있었다.

이런 플레이어들의 마음을 알고 있다는 듯이 기계음은 조롱조로 안내를 하고 있었다.

[몬스터는 가디언 사라진 후 다시 옵니다! 에너지바가 없으면 빵 사드세요. 키득.]

비웃음이 끝나는 순간 플레이어중 한명이 중얼거렸다.

"빵 없으면 케이크 먹으라는 말이군."

곧이어 플레이어들의 시선이 한쪽 상점으로 향했다.

성채 한쪽에 있는 상점 NPC에게 빵과 과자를 살 수 있었지만 빵 하나의 가격이 무려 50 G 포인트 이었다.

대다수가 가지고 있는 G 포인트는 20 G 포인트에 불과했으니 기계음은 조롱조나 마찬가지 였다.

4 시간 후.

가디언들이 사라지고 또 한 차례 몬스터의 폭풍이 몰아쳤다.

"으아아아!"

"살려주세요!"

"정수! 정수를!"

수 없이 사람들이 죽어가고 있는 가운데에서 여전히 경호원들은 철저히 이들을 외면하고 있었다.

지금 상황에서 플레이어들을 구해줄 자는 경호원들이 유일했지만 이들은 자신들에게 오는 자들을 극도로 꺼려 하며 고객들만을 보호하며 독립된 행동을 하고 있었다.

이들을 제외하고는 유상의 그룹이 사실상 가장 강한 그룹이었는데 벌써부터 눈치 챈 플레이어들은 유상의 그룹으로 하나 둘 씩 넘어가기 시작했다.

어제 까지만 하더라도 힘없는 자들을 버리는 유상의 그룹은 큰 인기를 얻지 못하고 있었는데 오늘 부터는 달랐다.

죽음에 대한 공포 앞에서 도덕이나 자존심 따위는 사라져 버렸다.

자신이 살기 위해서는 강자의 밑으로 들어가야만 한다는 본능이 플레이어들의 발걸음을 유상쪽으로 이끌게 했다.

"받아 주십시오!"

"부탁드립니다!"

몸 값이 높아진 유상은 철저하게 전투에 도움이 되는 자들만 받아들였다.

상황이 더 나쁜 쪽으로 치우치고 있었지만 유상은 오히려 자신이 왕이 된 것 같은 착각에 빠져 있었다.

'보았는가?'

유상은 자랑하 듯이 한성을 바라보았다.

'한심하군.'

한성은 한심하다는 시선으로 답례를 해 주었다.

지금 유상은 전혀 닥쳐올 위기를 보지 못하고 있었다.

오히려 권력을 잡았다는 것에 취해 있는 듯 했고 그도 그럴 것이 유상은 아직까지 몬스터의 두려움을 알지 못하고 있었다.

전투가 계속되어가면서 유상 그룹이 독보적으로 나아가기 시작했다.

전투를 지휘하고 있는 유상은 다그쳤다.

"싸워라! 많이 죽인 자들에게 더 많은 에너지바를 지급한다!"

"도움이 되지 않는 자들은 철저히 무시한다!"

"몬스터의 숫자는 많지 않아! 밀어 붙여!"

몬스터의 난이도가 올라갔지만 플레이어들의 적응력도 올라갔다.

유상은 생각했다.

'아직 몬스터가 넘을 수 없는 수준은 아니다. 버릴 플레이어 몇몇을 희생시키면서 레벨을 상향 시키면 간신히 수비는 할 수 있다!'

그룹을 맺을 경우 플레이어들의 경험치는 분산되어 올라갔다.

현재 유상은 자신을 비롯하여 친분이 있는 자들은 뒤쪽에서 수비위주로 경험을 쌓았고 앞쪽에서 목숨 걸고 싸우는 이들은 유상에게 이용당하는 자들이었다.

베어맨과 지옥견의 움직임은 서서히 파악되기 시작했고 수비 위주의 플레이어들은 간간히 공격을 하고 있었다.

"던져!"

성채의 높은 곳에서 플레이어들은 창을 던지기 시작했고 곳곳에는 레벨업을 알리는 빛이 번쩍이기 시작했다.

"좋아! 레벨 업! 레벨 4넘은 자들은 돌격! 공을 세운 자들은 받아준다!"

유상의 지시대로 플레이어들은 죽창을 찔러 넣기 시작했고 수비위주의 공격이었지만 적어도 유상 그룹 만큼은 큰 피해를 입지 않고 있었다.

한차례 더 폭풍이 지나쳐 가자 기계음이 울려 퍼졌다.

[큭큭. 잘 막으시네요. 또 갑니다!]

플레이어들의 선전에도 기계음에 당황함은 없었다.

마치 게임을 즐긴다는 듯이 오히려 키워 잡는 재미를 느낀다는 듯이 기계음은 사람이 죽어가고 있었음에도 재잘거리고 있었다.

"쿵! 쿵! 쿵! 쿵! 쿵!"

먼지와 함께 몬스터들이 달려오는 소리가 울려 퍼졌다.

"베어맨! 아니 색깔이 다르다!"

이번에 출현한 베어맨은 전과 색깔만 다를 뿐 똑같은 생김새 이었는데 레벨이 더 높았고 아까 보다 조금 더 지능이 높은 베어맨 이었다.

단조로운 패턴으로 공격을 해오는 조금 전과는 다르게 몬스터의 움직임은 더 많은 패턴을 만들어 내며 공격을 해오고 있었다.

마치 인간들을 가지고 놀 듯이 플레이어들이 상향을 할 때 마다 몬스터들 역시 그 이상 으로 상향되고 있었다.

조금씩 시간이 지날 때 마다 몬스터의 레벨은 1,2 레벨씩 상향되어졌고 죽여도 죽여도 끝이 없다는 듯이 몬스터들은 쏟아져 오고 있었다.

힘과 체력 뿐만 아니라 지능까지 상향되어 플레이어들을 압박하고 있었다.

배고픔과 추위, 그리고 내일이라도 죽을지 모른다는

압박감은 플레이어들의 신경을 최대한도로 날카롭게 끌어 올리고 있었다.

날카로운 플레이어들의 신경은 자신들만을 생각하게 만들었고 불평으로 이어지고 있었다.

특히나 유상의 그룹과 다르게 모두를 그룹 인원으로 받아들인 그룹들에게서 이런 문제점이 더 크게 일어났다.

비난의 화살은 서로에게 향하고 있었다.

"불공평하잖아! 싸우는 것은 남자들이 다 싸우고 여자들은 숨어서 질질 짜고 있잖아!"

"이년들은 받아먹으면서 고마운 줄도 몰라!"

"에너지바도 부족하다고! 싸우지 않는 자는 먹지도 말아야 해!"

모두 다 함께 살겠다는 의지는 벌써 꺾이고 있었고 사람들은 하나 둘 씩 유상의 그룹으로 이탈하고 있었다.

가장 안정되어 있다는 유상의 그룹 역시 문제는 있었다.

"에너지바가 문제가 아니야. 이제 시작인데 이정도로 강해. 우리의 성장 속도 보다 몬스터의 상향이 훨씬 더 빠르다고. 이 상태라면 3일도 버티지 못할지 몰라."

"그러면 어떻게 해? 방어를 하기도 급급한데 어제처럼 앞으로 돌격했다가는 전체가 무너져 버린다고!"

그 누구도 해결책을 제시할 수는 없었다.

함부로 말을 꺼내지는 못하고 있었지만 암묵적으로 목이 졸려지는 것을 모두 다 느끼고 있었다.

점점 더 죽음의 구렁텅이로 빠져가는 가운데 어제 까지만 해도 의식하지 못하고 있던 죽음의 기운은 점점 더 커지기 시작했다.

별다른 방법을 구하지 못하고 있는 가운데 계속되는 몬스터들의 습격 속에서 플레이어들의 숫자는 더욱더 줄어들고 있었다.

기계음이 울렸다.

[오늘은 특별히 더 이상 몬스터를 보내지 않겠습니다. 내일은 특별한 게스트가 오시니 휴일이고 내일 모레 만나요. 키득.]

아직 해가 지지도 않았지만 어찌된 일인지 더 이상 몬스터는 출현하지 않는다고 말하고 있었다.

"게스트? 그게 뭐야?"

게스트가 방문한다는 안내가 있었지만 지금 플레이어들의 머릿속에서 그걸 생각할 여유는 없었다.

곳곳에서 살았음을 알리는 탄성이 울려 퍼졌다.

"아! 살았다!"

"정수! 정수 있으신 분! 부상이 심각해요!"

모두들 긴장이 풀린 듯이 휴식을 취하며 치료에 열중하고 있었지만 한성은 알고 있었다.

곧 폭풍을 일으킬 방문객이 찾아 올 거라는 사실을.

NEO MODERN FANTASY STORY

**7. 디케이.**

회귀의 절대자

# 7. 디케이.

디케이.

섬 북쪽에 있는 세이프존 A의 보스 몬스터.

2미터는 훌쩍 넘을 체구의 거인.

한성의 악몽의 시작을 알리는 캐릭터.

어떤 의미에서는 수 십년간 한성의 악몽을 탄생시키 준 주인공.

사람이라기 보다는 몬스터에 가까운 외모를 가진 그는 바로 HNPC 이었다.

HNPC.

NPC가 아닌 실제 휴먼이었지만 NPC의 길을 선택한 자들.

말 그대로 인간 이면서 NPC가 되어 생존도의 몬스터가 된 자들을 의미했다.

아직 대다수의 플레이어들은 알지 못하는 사실 이었지만 일정 시간이 지난 후 생존도에서는 플레이어들에게 HNPC가 될 수 있는 선택의 기회를 주었다.

살아남을 수 없다고 생각한 자들은 스스로 NPC가 되겠다는 선언을 할 수 있었는데 이들이 바로 HNPC 이었다.

HNPC가 되면 이들은 자동으로 일정 레벨을 달성할 수 있었고 기초 스킬 역시 자동으로 습득할 수 있었다.

다만 세상에 공짜가 없는 탓에 HNPC에게도 단점은 있었다.

먼저 비정상적으로 레벨을 높인 탓인지 외모에 상당한 큰 변화가 생겨나게 되었다.

기본적으로는 인간의 외형을 유지하고는 있었지만 대부분 세이프 존 A의 디케이처럼 흉측하게 모습이 바뀌는 경우가 대부분 이었다.

흉측한 몬스터의 외모를 조롱하는 플레이어들에게 그 심정을 이해 해 보라는 절대자의 벌 이었을까?

플레이어들은 목숨을 구하는 대가로 외모를 빼앗겨 버리게 되는 것이었다.

❖

　디케이의 거대하고 특이한 체구는 멀리서도 한눈에 눈에 띄게 했다.
　오늘은 더 이상 몬스터가 출현하지 않는다는 안내에도 불구하고 비명이 울려 퍼졌다.
　"우와아아앗!"
　"이거 뭐야!"
　"오늘은 더 이상 몬스터가 출현하지 않는다고 하지 않았나?"
　성채 위에서 전망을 보고 있던 플레이어들은 다급하게 비상을 알리고 있었다.
　"비상! 비상!"
　"몬스터? 기계음은 울리지 않았잖아!"
　"게스트라고 했는데 몬스터잖아! 늑대 인간도 있어!"
　디케이의 곁에는 네 명의 수하가 따라 오고 있었는데 하나 같이 늑대의 얼굴을 가지고 있다.
　디케이와 늑대 얼굴을 하고 있는 네 명의 부하들이 다가오자 모든 플레이어들은 몬스터가 출현 한 것으로 생각하고 있었다.
　기계음이 울려 퍼졌다.
　[HNPC 출현! HNPC 출현! 적일지 아군일지는 모릅니다! 일단 모두 모여 주세요.]

생전 처음 듣는 목소리에 플레이어들은 혼란에 빠졌다.

"HNPC가 뭐야?"

"적이라는 거야? 우리편이라는 거야?"

플레이어들이 당황하고 있을 때 어느새 디케이는 성채의 입구에 있는 방어책에 도착하고 있었다.

입구 쪽의 죽창들이 모여 있는 방어도구가 보이자 디케이의 곁에 있던 늑대인간들이 앞으로 달려 나왔다.

단순히 플레이어들을 향해 공격해 왔던 몬스터들과는 다르게 이들은 낑낑 거리며 손으로 죽창들을 치우고 있었다.

사람처럼 행동하는 늑대인간의 모습에 플레이어들은 놀란 듯이 입을 벌리고 있었다.

곧바로 플레이어들이 쌓아 두었던 방어책은 깨끗이 사라져 버렸고 디케이는 아무런 불편 없이 열려진 길을 걸어 들어왔다.

수십 명의 플레이어들이 죽창을 겨누고 있었지만 디케이는 전혀 아랑곳없이 앞으로 나서고 있었다.

플레이어들은 입이 커지고 있었다.

가까이 다가오자 디케이의 흉측한 모습이 더욱더 자세히 눈에 들어오고 있었다.

거구의 체구에 외눈박이.

상체는 아무런 옷도 입고 있지 않았는데 모두의 시선은 그의 산 만한 복부 쪽으로 향하고 있었다.

성인이 양 팔을 벌려도 닿지 않을 정도로 불룩 나온 아랫배.

축 처진 배에 벨트처럼 감겨진 사슬은 온 몸을 뒤덮고 있었다.

과거의 기억과 똑같은 모습으로 디케이는 나타나고 있었다.

한성의 시선은 사슬 끝 부분으로 향했다.

은색 쇠사슬의 끝 부분에는 두꺼운 추가 달려 있었는데 이게 바로 디케이의 무기였다.

사방에서 수백 명의 플레이어들이 죽창을 겨누고 있었지만 디케이가 한발 움직일 때 마다 플레이어들은 약속이나 한 것처럼 한발자국 뒤로 물러서고 있었다.

생전 처음 보는 HNPC 등장에 플레이어들은 놀라고 있었는데 몇몇 플레이어 중에 앞으로 나서는 자들이 있었다.

바로 재벌가 자제들을 경호하고 있던 경호원들 이었다.

바로 옆에서 플레이어들이 죽어갔음에도 전혀 신경조차 쓰지 않고 있던 경호원들 이었지만 지금 만큼은 사태가 심각하다는 것을 알고 있다는 듯이 나서고 있었다.

아직 공격을 하지는 않았지만 일정 거리 안까지 들어오는 것은 허락하지 않겠다는 듯이 경호원들은 앞으로 나선 채 일렬로 서 있었다.

암묵적으로 더 이상 다가오지 말라 경고하는 그들의 의지만큼은 디케이의 발걸음을 멈추게 했다.

걸음을 멈춘 디케이는 빙그레 기분 나쁜 웃음을 흘리며 말했다.

"모두들 잘 들어!"

몬스터가 말을 하자 모두의 얼굴에는 놀란 기색이 역력했다.

"와! 말을 했어."

"이, 이건 뭐야?"

플레이어들이 수군거리는 것에 아랑곳없이 디케이가 말했다.

"내 이름은 디케이. 생존도 지역구 A의 보스다. 뭐 정식 명칭은 보스 몬스터지만 난 몬스터라는 말을 싫어하는 지라. 보스라고 부르도록. 누구라도 날 몬스터라 부른다면 즉각 사살이다."

디케이의 말이 끝나는 순간 유상과 플레이어들은 당장이라도 던질 듯이 죽창을 겨누었다.

수 백개의 죽창들이 디케이를 겨누고 있었음에도 디케이는 아랑곳 없이 말했다.

"후후, 던져 봐! 그 대신 던진 놈은 모조리 비틀어 죽여 버릴 테니까."

너무나 여유롭게 말하며 행동하는 모습에 그 누구도 죽창을 던질 수 있는 배짱을 가지고 있는 자는 없었다.

디케이는 조롱조로 말했다.

"자아. 어떻게 할까? 지금 당장 네 놈들을 모두 다 쓸어

죽일 수도 있는데 말이야."

디케이의 엄포에 지금까지 대기하고 있던 경호원들이 일제히 무기를 꺼내 들기 시작했다.

낫, 검, 도 등등 생존도에서는 볼 수 없을 정도로 화려한 무기들의 모습은 아무리 디케이라 하더라도 신경을 쓰지 않을 수 없었다.

당장이라도 대장의 명령이 떨어지면 달려들 것 같은 경호원들을 본 디케이는 싱끗 웃으며 말했다.

"아! 저기 재벌 자제분들은 걱정 마시라고. 방해만 하지 않는다면 나도 귀찮게 경호원들과 싸우고 싶지는 않으니까. 경호원 분들도 나랑 싸우고 싶지 않겠지?"

대답하지 않았지만 경호원들의 얼굴에는 그의 말에 동의한다는 표정이 역력했다.

전원이 몽땅 달려든다면 디케이를 제압할 수 있을 지도 몰랐지만 그러기에는 위험 부담이 너무나도 컸다.

어차피 이들의 목적은 돈.

다른 플레이어들처럼 생존을 할 경우 생존도에서 벗어날 수 있는 게 아니잖나.

디케이가 자신들의 고객을 건드리지 않은 이상 이들 입장에서 불필요한 싸움은 전혀 할 필요가 없었다.

디케이 역시 이 사실을 알고 있었던 탓에 미리 경호원들의 고객들을 건드리지 않겠다고 말한 것이다.

어느새 경호원들은 들고 있던 무기들을 거두어 들였다.

사소한 싸움이라도 피할 수 있으면 피하는 것이 최우선이었다.

경호원들이 싸우지 않겠다는 태도를 보이자 디케이는 만족한 다는 듯이 중얼거렸다.

"그래. 그래야지. 쓸데없이 나서면 괜히 명을 재촉하는 거야. 현실은 영화랑 다르거든. 킥킥."

디케이의 말은 한성 자신에게 하는 것 같았다.

디케이가 시선을 돌리며 말했다.

"생존도는 무법의 섬이 아니야. 강자가 법을 만드는 섬이지. 즉 이곳 지역구 A 최강자인 내가 지금부터 법을 만들겠다!"

주변에 모여든 플레이어들을 한번 훑어본 디케이가 입을 열었다.

"내 노예가 되라!"

이미 한성은 내용을 알고 있는 탓에 놀란 기색이 없었지만 다른 플레이어들은 어리둥절해 하고 있었다.

상상도 못할 말이 디케이의 입에서 튀어나오기 시작했다.

"벌써 아는 플레이어가 있을지 모르지만 생존도에는 네 개의 세이프존이 있다. 각 A,B,C,D 네 개의 지역이지. 나는 A지역의 보스. 나머지 3명의 보스들과는 앙숙이다. 우리 보스들은 서로 죽여야 한다는 미션이 있다. 쉽게 표현하면 삼국지 게임처럼 나는 군주. 네놈들은 병사라는 말이다.

즉 쪽수가 많을수록 유리하다는 거야. 뭐 너희들 같은 뉴비들은 별로 도움이 되지 않지만 억지로 레벨 좀 올려 주고 무기 좀 쥐어 주면 인간방패 구실은 하니까 숫자가 많으면 많을수록 좋겠지? 내 부하가 되라. 너희들은 나의 졸개. 그 이상도 이하도 아니야. 내 졸개가 되어라!"

디케이의 말에 누군가 발끈했다.

"누, 누가 몬스터의 졸개 따위가! 허억!"

플레이어 중 누군가 항의조로 말하는 순간 디케이의 오른편에 있던 늑대인간 하나가 사정없이 들고 있던 창을 집어 던졌다.

퍼어억!

창은 그대로 사내의 머리에 꽂혀 버렸고 사내는 그 자리에서 숨이 멎었다.

"꺄아악!"

"우와아앗!"

갑작스러운 공격에 플레이어들의 비명이 가득 했지만 디케이는 방긋 웃으며 말했다.

"참 잘했어요. 우리 울프군!"

곁에 있던 늑대인간을 칭찬한 디케이는 이마에 창이 꽂혀 죽은 사내를 보며 눈을 부라렸다.

"몬스터라고 말한다면 즉사라니까."

주변이 술렁거렸다.

"주, 죽었어!"

"이거 뭐야?"

곧이어 공포에 떨고 있는 플레이어들을 보며 디케이가 말을 이었다.

"다시 본론으로 돌아와서. 너희들은 졸개가 되는 것이 살 수 있는 유일한 길이야. 오늘 부터 등장하는 몬스터를 봐서 알겠지만 너희들이 감당할 수 있는 몬스터들이 아니야. 아직 시작 단계의 몬스터들 조차 이렇게 강한데 이런 상황에서 너희가 살 수는 없어. 나의 졸개가 되면 내가 보호해주지."

몬스터에게서부터 보호를 해주겠다는 디케이의 말 이었지만 플레이어들 중 반기는 자들은 단 한명도 없었다.

베어맨 보다 10배는 더 징그러워 보이는 외모의 디케이가 이런 말을 하고 있으니 플레이어들은 안도 보다는 걱정의 표정이 가득했다.

"내 말이 안 믿기나 본데 말이야."

디케이는 하늘을 보며 말했다.

"어이! 초딩 관리자! 내일까지 몬스터 보내지 마!"

놀랍게도 디케이는 관리자에게 명령조로 말하고 있었는데 곧바로 반응이 돌아왔다.

[알겠습니다. 내일까지 몬스터 보내지 않겠습니다.]

다소 겁을 먹은 듯 한 관리자의 목소리에 디케이는 활짝 웃었따.

"봤지? 내 위력이 이 정도라고."

디케이는 자신의 위세를 자랑하듯이 말했고 곧바로 양 옆에 있던 네 명의 늑대인간들을 가리키며 말을 이었다.

"이자들도 과거 너희처럼 이곳에 온자들이야. 흐흐흐 개죽음 당하는 것 보다 능력을 발휘해서 이 자들처럼 내 시다바리 하는 것이 더 좋을 거야."

"……."

주변은 침묵만이 감돌고 있었다.

늑대인간의 외모로 평생을 사는 것 보다는 차라리 죽어버리는 것이 훨씬 더 나아 보였다.

"불만 있나?"

눈 앞에서 처참하게 죽어 있는 시체를 본 상황에서 감히 대들 플레이어는 없었다.

모두가 침묵하고 있었는데 침묵은 굴복을 의미했다.

디케이는 냉소를 머금으며 말했다.

"아까 말했잖아? 이곳에서의 법은 강자가 만든다고. 즉 내가 마음에 들지 않는다면 누구라도 나를 베어 버리면 그만이야."

디게이는 한번 찔러 보라는 듯이 불뚝 튀어 나온 자신의 배를 매만지며 말하고 있었다.

당연히 그 누구도 나서는 자들은 없었다.

모두가 꿀먹은 벙어리 마냥 침묵하고 있는 가운데 디케이가 말했다.

"싸울 생각 없지? 생각 같아서는 지금 당장부터 시작하고 싶은데 이곳 생존도 총 관리자가 하루 생각하라는 시간을 주라고 하네. 그러니까 하루의 시간을 주겠다. 나의 노예가 될 사람은 이곳에 머무르고 노예가 되기를 거부한 자들은 떠나면 그만이야. 다른 세이프 존 보스들은 나랑 다르니까. 운이 좋으면 자비를 구할지도."

할 말이 끝났다는 듯이 몸을 돌린 디케이가 다시 고개를 돌리며 마지막으로 말을 남겼다.

"아! 마지막으로 한 가지. 내일 내가 올 때 지금처럼 상냥하게 대해 줄 거라는 기대는 버려."

더 이상 할 말이 없다는 듯이 디케이는 기분 나쁜 웃음을 던져 주며 사라져 갔다.

❖

디케이가 떠나간 후.

플레이어들은 큰 혼란 속으로 빠져들었다.

몬스터만 하더라도 큰 문제였는데 이제 본격적으로 자신들을 지배할 HNPC라는 존재 까지 나타난 상황 이었다.

거대한 강적 앞에서 플레이어들은 몸 부림 쳤다.

"각 그룹의 리더들은 모두 모여 주세요!"

"회의를 하겠습니다!"

흩어져 각자의 파벌에만 신경을 쓰고 있던 모든 파벌들의 주요 인물들이 한곳에 모이기 시작했다.

대략 백여 명 남짓한 사람들이 모여 있는 가운데 한성은 한쪽 구석에서 상황을 지켜보았다.

공공의 적이 나온 탓에 서로 다투는 일은 없었지만 의견은 통합되지 못하고 있었다.

어느 정도의 시간은 지나가고 의견은 크게 두 부류로 나뉘었는데 싸우자는 쪽과 떠나자는 쪽 이었다.

"아까 보니까 숫자는 얼마 없어! 쪽수로 밀어 붙이면 이길 수 있다고!"

"보호해 준다고 했잖아. 어차피 이 상태로라면 몬스터한테 죽을 테니 안전을 구하는 것이 낫지 않을까?"

"보호라니? 아까 한말 뭐로 들었어! 우리 보고 노예가 되고 인간방패가 되라고 했잖아. 이게 보호야?"

"떠나는 게 좋을 것 같아."

"어디로 간단 말이야! 밖에는 몬스터들이 득실득실 거린다고! 지금 이곳에서 수비하기도 급급한데 밖으로 나간다는 것은 자살 하겠다는 말이나 마찬가지라고!"

"다른 세이프 존으로 가려면 어떻게 해야 하지?"

"그곳에 간다고 해도 안전하다는 보장이 없잖아. 아까 각 세이프 존 마다 보스가 있다고 했잖아. 오히려 더 힘든 몬스터를 만날 수도 있어."

플레이어들은 모두 다 혼란스러워 했지만 한성은 이제 어떤 일이 벌어질지를 알고 있었다.

일단 플레이어들의 의견은 싸우자는 쪽으로 기울었는데

처절하게 깨져 버렸다.

결국 플레이어들은 굴복했고 디케이의 졸개가 되었다.

디케이는 자신의 사욕만을 챙겼으며 결국 대다수의 플레이어들은 고통 받다 죽을 뿐이었다.

디케이의 행동을 지켜만 보고 있던 경호원 그룹은 며칠 후 다른 세이프 존으로 이동을 했고 자신 역시 그들이 떠날 때 같이 떠났었다.

아직까지는 과거와 전혀 다른 것이 없었다.

"일단 상황을 지켜보자고. 붙었다가 틈을 봐서 달아날 수도 있잖아."

"오히려 디케이에게 잘 보이면 살 수 있는 확률이 높을지도 몰라."

플레이어들은 자신의 바람을 말하고 있었으며 한성은 고개를 흔들었다.

보호라는 것은 말 뿐이었고 디케이가 관심이 있었던 것은 타 지역 보스 몬스터와의 대결을 위한 졸의 숫자뿐이었다.

전투에 도움이 되지 않는 자들이거나 디케이의 관심을 받지 못한 여자들은 모조리 몬스터들에게 학살당하거나 굶어 죽게 되었다.

또한 디케이가 말하지 않은 것이 하나 있었는데 그것은 바로 생존도 네 명의 보스 몬스터 중 디케이가 가장 약하다는 사실 이었다.

두 달 쯤 후 디케이는 유상을 비롯한 부하들을 이끌고 타 지역 보스 몬스터에게 도전을 하고 그곳에서 죽음을 맞이하게 되었다.

앞으로 벌어질 일들을 모두 알고 있었지만 답이 없다는 것은 변함없었다.

❖

한성은 유상을 바라보았다.

과거처럼 그가 앞으로 나서고 있었다.

"지금 상황에서 최선의 방법은 내일 디케이를 쓰러뜨리는 거다!"

한성은 유상의 의도를 읽고 있었다.

만일 유상이 디케이를 쓰러뜨린다면 이제 세이프존 A에서 유상의 지위는 독보적으로 될 것이 분명했다.

유상과 대치하고 있던 그룹의 리더가 반론을 제기하였다.

"싸우다 학살낭하면?"

"그러니까 실패하지 않도록 계획을 세워야지."

유상의 설명이 이어졌다.

"우리 같은 저렙 플레이어들은 결코 잡을 수 없겠지. 허나. 다굴에는 장사 없다는 말이 있지 않나? 우리에게는 무려 천명이 넘는 플레이어들이 있다. 계획을 세우고 모두

동시에 달려든다면 해낼 수 있어! 나에게 계획이 있으니 모두 들어줘!"

열변을 토해내는 유상에게 듣고 있던 플레이어들은 점점 더 빠지고 있었다.

"걱정해야 할 것은 그 뚱뚱한 몬스터 하나야. 늑대인간들이 있기는 하지만 아까 방책을 옮기는 거 보니까 낑낑거리더라고. 즉 힘은 없다는 거야. 디케이 하나만 잡으면 그만이라고."

유상이라는 자는 인간성은 치졸하기 이를 데 없었지만 그의 웅변 스킬 만큼은 뛰어났다.

과거의 자신 역시 유상의 계획을 끝가지 경청했었다.

비록 전투는 참혹하게 실패 하였지만 실제 유상이 내어 놓은 계획은 그럴싸했다.

유상의 부하들은 바람을 잡고 있었고 막상 전투가 벌어지기 전 까지는 진짜 이길 것처럼 생각될 정도로 분위기는 싸우자는 쪽으로 휩쓸렸다.

마치 지휘관이 된 것처럼 유상은 모두의 앞에 나와 말했다.

"분명 우리 개인 한명 보다는 훨씬 더 강한 상대이지만 우리에게는 천명이 넘는 동료들이 있다! 싸우자!"

"싸우자!"

"싸우자!"

유상의 부하들은 죽창을 들어 올리며 분위기를 고조

시켰다.

군중 심리는 대중들을 자극했고 어느새 분위기는 싸우자는 쪽으로 기울고 있었다.

"일단 설명부터 해 보라고!"

"계획을 들어나 봅시다!"

이 시점에서 한성은 조용히 밖으로 빠져 나왔다.

앞으로 벌어질 일들은 이미 알고 있었다.

그때와 똑같이 진행이 된다면 분명 내일은 참혹한 날이 될 것이 분명했다.

하늘에 떠 있는 달을 바라보며 한성은 생각에 잠겼다.

'제일 좋은 방법은 그때처럼 그냥 모르는 척 하고 지내는 거다. 경호원 부대가 빠져 나가는 것은 일주일후. 그때 묻어가면 생존도에서 100일까지 무난하게 버틸 수 있다.'

과거 아무런 스킬도 가지지 않는 상황에서도 살아남았으니 지금 같이 스킬을 보유하고 있는 상황에서 생존은 아무런 문제도 되지 않았다.

더군다나 100일 후 완전한 각성자로 태어나 시작된다면 과거와는 비교할 수 없을 정도로 빠른 속도로 성장을 할 수 있을 것이 분명했다.

이런 기회를 한 순간의 정의심으로 날려 버릴 수는 없었다.

현재 자신의 실력 가지고 디케이를 쓰러뜨린다는 것은 있을 수 없는 일 이었다.

한성은 자신의 무기 중 가장 강한 위력을 가지고 있는 단검을 매만졌다.

차가운 단검의 감촉이 전해져 오는 가운데 한성은 고개를 흔들었다.

이런 하급 무기로는 디케이의 피부조차 찢지 못한다는 사실은 잘 알고 있었다.

'수준의 차이가 다르다. 영화처럼 정의감으로 쓰러뜨릴 수 있는 상대가 아니다.'

차가운 머리는 이성적으로 판단하고 있었지만 뜨거운 심장에서 무언가 솟구치는 것이 느껴졌다.

'허나.'

한성은 고개를 들어 올렸다.

[세이프존 A 생존 인원 1426명]

어차피 모두가 살 수는 없었지만 1426명의 생명이 자신의 손에 달려 있는 것 같은 느낌이 들었다.

당장이라도 머릿속은 잠을 자라고 말하고 있었으나 마음 한편에 드는 생각을 지워 버릴 수는 없었다.

'만일 디케이를 잡는다면?'

가능성은 희박했지만 만일 디케이를 잡는다면 상황은 급반전하게 되었다.

이미 출현하는 몬스터의 패턴과 습성을 알고 있는 한성으로서는 보스 몬스터만 없다면 플레이어들과 함께 충분히 생존도에서 100일을 보낼 자신이 있었다.

앞으로 벌어질 굵직한 사건들 까지 모두 다 알고 있었다.

세이프 존의 보스들은 서로 싸우다 죽게 되는데 제일 먼저 디케이가 죽었고 그 다음이 세이프 존 C, D, B 보스 순으로 죽게 되었다.

세이프 존 B의 보스 몬스터 와이너즈는 디케이처럼 포악하지는 않았지만 상당히 머리가 좋았다.

와이너즈는 디케이를 제외한 다른 두 명의 보스 몬스터가 자신 보다 훨씬 더 강하다는 사실을 알고 있었던 탓에 정면 승부를 피하고 다른 두 명의 보스 몬스터들이 서로 싸울 때를 기다렸다.

힘과 공포로 억눌렀던 디케이와는 다르게 와이너즈는 플레이어들에게 합당한 제시를 했고 그 탓에 와이너즈는 상당히 많은 숫자의 플레이어들을 졸개로 삼을 수 있었다.

한성 역시 B 포인트로 이동한 후에 안정적으로 보낼 수 있었는데 물론 와이너즈 역시 문제가 없는 것은 아니었다.

플레이어들만의 힘으로는 부족하다는 것을 알고 있는 와이너즈는 최종 결전을 앞두고 본색을 드러냈다.

경호원의 고객들을 빼돌려 협박과 비열함을 이용해 경호원 부대까지 강제로 동료로 만들어 버린 탓에 생존도에 관여하지 않았던 경호부대 까지 와이너즈에게 힘을 보태지 않을 수 없게 만들었다.

일대일의 대결이었으면 와이너즈는 결코 C 와 D 의 보스 몬스터를 당해내지 못했는데 두 몬스터가 혈투를 벌이는 가운데 경호원들의 힘까지 얻은 와이너즈는 어부지리를 얻을 수 있었다.

결국 보스 몬스터의 최종 승자는 세이프 존 B의 보스 와이너즈가 되었는데 그 일이 벌어지는 것은 98일째 되는 날이었다.

'98일째 보스 몬스터들이 서로 마지막 격돌을 벌인다. 마지막 99일째는 교관들의 기습. 그때까지 레벨 40은 달성할 수 있다.'

생존도 최고 레벨인 레벨 40을 달성한다 하더라도 상급 스킬들과 중무장을 한 교관들과는 현저히 많은 차이가 났지만 지금의 한성이라면 달랐다.

'스킬창.'

한성의 눈에는 자신이 보유하고 있는 스킬들의 이름이 보이고 있었다.

지금 쓸 수 있는 스킬은 속공과 증폭 두 가지 밖에 없었지만 레벨 40을 달성한다면 상급 스킬을 제외한 거의 모든 기본적인 스킬은 사용가능했다.

이 정도의 위력이라면 교관들의 기습까지 막아낼 자신이 있었다.

무언가 결심을 한 듯이 굳은 표정을 지은 한성은 걷기 시작했다.

NEO MODERN FANTASY STORY

8. 검을 부탁해.

회귀의 절대자

8. 검을 부탁해.

경호원 그룹.

철저히 고객만을 관리하는 경호원 그룹은 외부와의 연결을 극도로 꺼려했다.

이들은 움직임을 최소한으로 했고 타 플레이어들과는 일체의 대화 조차 차단하고 있었다.

그도 그럴 것이 경호원들 역시 목숨은 하나였다.

자신의 생명을 지키는 것도 어려운 일인데 고객의 생명까지 보호해야 하는 입장이니 이들의 중압감은 플레이어들에 비해 훨씬 더 컸다.

아무리 중무장을 하고 있고 상급의 무기를 가지고 있다 하더라도 생존도는 결코 방심의 여지를 가질 곳은 아니었다.

작은 실수 하나라도 모두가 죽을 수 있다는 것을 알고 있는 탓에 실수가 만들어질 여지를 만들지 않는 것이 그들의 방식이었다.

현재 고객의 숫자는 3명. 그리고 경호원의 숫자는 7명이었다.

이들은 성채의 중심 지역에서 자리를 잡고 있었는데 몬스터가 출현하지 않는 시간이었음에도 불구하고 한명의 경호원은 바깥쪽에서 경계를 서고 있었다.

한성이 다가오는 모습에 경호를 서고 있던 자가 들고 있던 검을 겨누며 말했다.

"뭐냐?"

지난 며칠 동안 플레이어들 중 상당수가 자신이 살 수 있는 길은 경호원들에게 붙어가는 수밖에 없다는 것을 알고 있었다.

그 탓에 꽤 많은 플레이어들이 도움을 요청하러 경호원들을 찾아 왔는데 이런 일이 익숙한 듯이 사내는 꺼지라는 듯이 거칠게 말했다.

"꺼져라! 우리는 플레이어들과 일체의 교류도 하지 않는다!"

대부분 이렇게 엄포를 놓으면 달아났는데 눈 앞의 사내는 달랐다.

한성이 말했다.

"연백호 경호대장을 만나러 왔다."

어차피 부드럽게 대화로 통할 상대가 아니라는 것은 알고 있었다.

당당하게 말하는 한성의 목소리에 사내는 흠칫 놀랐다.

"으음?"

한성이 자신들의 대장 이름을 알고 있다는 사실에 사내는 놀란 표정을 지었지만 경계심은 더욱더 높아졌다.

사내는 당장이라도 검을 찌를 듯이 겨누며 물었다.

"뭐냐? 어떻게 우리 대장의 이름을 알고 있는 거냐?"

한성은 자신을 막고 있는 사내를 바라보았다.

연백호의 부하인 사내는 이름은 기억나지 않았지만 경호원 집단 중 가장 먼저 죽은 사내였다.

세이프존 B 로 이동할 때 장미꽃 모양의 몬스터에게 죽은 걸로 기억이 났는데 문득 이 자 역시 살 수 있을지 모른다는 생각이 들었다.

"네 목숨을 살릴 수 있는 일이다. 비켜라."

검을 보였음에도 한성이 물러서지 않자 사내는 목소리를 높였다.

"물러서라! 더 이상 다가오면 베어버리겠다!"

목소리와는 다르게 검 끝은 부들부들 떨리고 있었다.

"장미꽃 좋아하나? 장미를 보면 무조건 피하라고. 이곳에 있는 장미는 사람을 먹으니까 말이야."

생뚱맞은 한성의 말에 사내가 소리쳤다.

"뭔 소리냐?"

한성은 피식 거리며 오히려 찔러 보라는 듯이 몸을 내밀며 앞으로 다가섰다.

"어어엇!"

맨몸으로 다가오는 한성에게 오히려 당황한 쪽은 사내였다.

지금 검을 겨누고 있는 사내는 경호원 부대 중 막내였으며 가장 경험이 떨어지는 자였다.

몬스터는 죽여 본 적이 많겠지만 실제 사람을 죽여 본 적은 없다는 사실을 알고 있었다. 자신이 맨몸으로 들이밀면 오히려 쉽게 검을 휘두르지 못할 거라는 것은 쉽게 예측할 수 있었다.

과연 한성의 예측대로 사내는 한 순간 멈칫 거렸다.

'속공!'

순간의 방심은 빠져나가기에 충분했다.

순간적으로 빠르게 움직이는 한성의 움직임은 방심하고 있던 사내의 마크를 놓치게 하기에 충분했다.

"아앗!"

저렙의 플레이어가 이렇게 까지 빠른 움직임을 보일 거라고는 생각하지 못한 탓에 사내는 한성을 놓쳤다.

뒤따라오는 사내의 움직임에 아랑곳 없이 한성은 재빨리 안으로 뛰어 들어갔다.

"이 봐!"

부랴부랴 한성의 뒤를 따랐지만 한성은 이미 안으로

들어간 상황이었다.

한성은 걸음을 멈추었다.

경호원들의 모습이 보이고 있었다.

늦은 밤 이었지만 회의를 하고 있었다는 듯이 이들은 모여 있었는데 그들 주위에는 잠들어 있는 3명의 고객들이 보이고 있었다.

갑작스럽게 등장한 한성의 모습에 안에 있던 모든 사내들의 시선이 한성에게 향했다.

한성의 뒤를 따라 들어온 사내가 경직된 목소리로 말했다.

"아! 죄송합니다. 이자가 막무가내로!"

대표로 보이는 자 가 몸을 일으켰다.

처음 보는 얼굴이었지만 한성은 이미 알고 있었다.

연백호.

이곳에 온 용병 경호원 중 대장.

생존도에서 100일을 지내는 동안 경호원들 역시 몇몇은 죽음을 맞이하게 되었는데 연백호는 끝까지 살아남은 인물이었다.

이들은 일주일 간 머무르며 상황을 지켜보았는데 디케이의 만행이 극도에 다다르자 다른 지역으로 떠났었다.

과거 한성을 비롯한 몇몇 이들은 이들이 빠져 나갈 때 같이 빠져나갔었다.

그 당시에는 눈치 채지 못했지만 지금 생각해 보면 사실

연백호는 의도적으로 플레이어들에게 살 수 있는 길을 열어 준 거였다.

 끝까지 이들과 함께 하지는 못했지만 적어도 디케이의 마수로부터 벗어날 수는 있었고 어떻게 생각해 보면 가장 마지막까지 살아남을 수 있었던 것도 이들 덕분이었다.

 연백호와의 직접적인 인연은 생존도에서 끝났다.

 생존도에서 나간 후로는 다시는 만날 수 없었다.

 한성이 완전한 각성자로 태어난 후 다른 지역에서 활약을 한 탓에 직접적인 만남은 없었지만 그의 유명세는 한성의 귀에 계속해서 들려왔다.

 연백호는 자신의 이름을 딴 백호 길드를 창설하고 승승장구를 거듭했지만 결국 불미스러운 사건으로 길드는 사라져 버렸고 그 역시 비극적인 죽음을 맞이하게 되었다.

 물론 이 사실은 10년 후에나 벌어질 사실 이었고 현재 이 일을 알고 있는 사내는 한성이 유일했다.

 백호가 물었다.

 "무슨 일이지?"

 "제 이름은 최한성. 부탁드릴 게 있어서 왔습니다."

 내용을 듣지 않았음에도 이미 무엇을 부탁할 것인지는 뻔했다.

 연백호는 상당히 거북한 듯이 눈살을 찌푸렸다.

 "우리의 관심사는 고객의 안전과 우리들의 안전이다. 디케이가 우리 고객들에게 관여하지 않는다고 하는 이상 우리도 관여하지 않는다."

"그의 말을 믿을 수 있습니까?"

한성의 말은 정곡을 찔렀다.

사실 이미 경호원들 내부에서도 의견은 갈리고 있었다.

조금 더 지켜 보자는 쪽과 당장 떠나자는 쪽으로 나뉘고 있었는데 이들의 결론은 일단 지켜 보는 쪽으로 결정되었다.

한성이 물었다.

"일단 지켜보겠지만 믿지 못해서 한편으로는 떠날 생각을 하고 있는 것 아닙니까?"

한성의 말이 끝나는 순간 미묘하게 표정들이 바뀌었다.

아무도 대답을 하지 않았지만 한성이 어떻게 이 사실을 알고 있는 지 라는 표정이 역력했다.

연백호는 부인하지 않았다.

"흐음. 날카롭군."

잠시 한성을 바라본 백호는 말을 이었다.

"좋다. 자네 말이 맞는다고 치자. 허나 알고 있을지 몰라도 우리는 관리자에게 뇌물을 주고 들어온 자들이야. 물론 관리자들이 암묵적으로 허락을 하고 있지만 이곳의 HNPC와 문제를 일으키는 것은 곤란해. 최악의 상황이 벌어져 플레이어들이 모조리 죽는다 하더라도 디케이를 공격할 생각은 추호도 없다. 우리가 검을 겨누는 것은 우리의 생명과 고객들의 생명이 위험에 빠질 때를 제외하고는 없어."

단호하게 말하는 백호의 말에도 한성은 물러서지 않았다.

"싸워 달라는 것이 아닙니다. 약간의 도움을 달라는 것뿐입니다. 물론 공짜는 아닙니다. 거래를 하도록 하지요."

한성의 말에 대장 곁에 있던 경호원들이 실소를 머금었다.

지금 상황은 마치 노숙자가 재벌에게 거래를 하자고 하는 것과 다름이 없었다.

백호 역시 씁쓸하게 웃으며 말했다.

"우리에게 무얼 줄 수 있지? 에너지바를 줄 건가? G 포인트를 줄건가? 아니 도움을 준다고 치지. 어떻게 디케이를 상대할 거지? 힘의 차이는 둘째 치고 일단 이곳에서 있는 쓰레기나 하급 등급 무기로는 디케이를 벨 수 없는데?"

다른 플레이어들은 모르고 있었지만 경호원 그룹들은 이미 알고 있었다.

디케이의 방어력은 상당히 높은 수준이었고 이렇게 레벨 차이가 나는 이상에서는 쓰레기 등급 무기 가지고는 결코 디케이의 두꺼운 피부를 관통할 수 없었다.

같은 레벨일 경우 적어도 하급은 들고 있어야 벨 수 있는데 디케이의 레벨은 생존도 최고 레벨인 40.

즉 10레벨 근처에 있는 플레이어들은 적어도 상급 이상의 무기를 들고 있어야 디케이를 벨 수 있다는 결론이었다.

물론 생존도에서 상급 이상의 무기는 구할 수 없었다.

한성은 생각했던 말을 내뱉었다.

"검을 빌려주십시오."

한성의 말이 끝나는 순간 모두의 표정이 굳었다.

자신의 분신이나 마찬가지인 검을 빌려달라는 것은 상당히 무례한 요구 이었는데 한성은 하나 더 요구하고 있었다.

"다른 경호원들이 사용하는 검이 아닌 만든 백호 대장님이 사용하시는 엑스칼리버II 말입니다. 아직 귀속되지 않았지요?"

상위 무기는 타인에게 빼앗기거나 잃어버리는 것을 방지하기 위해 귀속 시킬 수 있었는데 귀속을 할 경우 타인이 사용을 할 수 없었다. 다만 귀속에는 한 가지 단점이 있었는데 그것은 바로 귀속 시켰을 경우 거래가 불가능했다.

이 시기 백호는 돈이 절실하게 필요했던 탓에 자신의 무기를 귀속 시키지 않았었다.

귀속을 시키지 않았다는 것은 그대로 도난의 위험에 노출될 수 있었던 탓에 극비의 사실 이었는데 한성은 이 사실을 알고 있었다.

백호를 필두로 모두의 표정은 굳게 굳었다.

자신의 검은 거액을 지불하고 무기의 명인에게서 구입한 검 이었는데 곁에서 본 것만으로 이 검의 정체를 안다는 것은 상상하기 힘든 일이었다.

더군다나 귀속을 시키지 않았다는 것은 경호원들 중에서도 몇몇 이들만 알고 있는 사실이었다.

귀속을 시키지 않았을 시 고가의 무기를 노리는 자들이 상당히 많을 수 밖에 없었던 탓에 이건 극비 중에 도 극비였다.

순간적으로 살벌한 분위기가 느껴지는 가운데 한성은 물었다.

"이것으로 제가 허튼 소리를 하는 자가 아니라는 것은 알겠지요?"

한성의 말은 팽팽했던 긴장감을 최고조로 높였다.

한성의 말이 끝나는 순간 경호원들 중 부대장 이성욱이 제일 먼저 검을 빼어 들었다.

검을 빼어 드는 것과 동시에 모든 경호원들이 각자의 무기를 꺼내 들었다.

거구의 덩치를 가진 사내는 낫을 꺼내 들었고 비쩍 마른 사내는 활을 꺼내 들었다.

도끼와 낫 그리고 활 같은 무기들이 사방에서 한성을 겨누는 가운데 경호원들의 거친 목소리가 들려왔다.

"정체가 뭐냐?"

"넌 뭐냐? 타 길드에서 온 스파이?"

당장이라도 한성을 향해 스킬을 발산할 것 같은 분위기에서도 한성은 눈 하나 깜빡 하지 않고 있었다.

잠시 말없이 한성을 바라보고 있었던 백호는 한손을 들어 제지했다.

"아! 그만두게나! 악의가 있었다면 이렇게 홀로 정면으로 찾아오지는 않았겠지. 어떻게 알았지?"

 백호는 자신의 검을 들어 보이고 있었다.

 겉으로 보아서는 다른 검과 전혀 다르게 생기지 않았는데 어찌된 일인지 한성은 자신의 검의 명칭을 정확하게 알고 있었다.

 더 놀랄 일은 한성의 말대로 귀속을 시키지 않았다는 사실 이었다.

 귀속을 시키지 않았다는 것은 그 누구라 하더라도 자신의 검을 사용할 수 있단 말이었다.

 원래 몇 년 후 백호는 자신의 검을 경매 시장에 내놓았었고 그 검을 구입한 인물이 바로 한성 이었다.

 한성은 백호가 들고 있는 검의 감추어진 능력까지 알고 있었고 자신의 레벨이 낮은 탓에 검의 능력을 완전히 뽑아낼 수는 없을지 몰라도 적어도 백호의 검이라면 디케이의 몸을 꿰뚫을 수 있다는 확신은 있었다.

 한성이 말했다.

 "무기의 명인에게서 들었습니다. 아직 귀속 시키지 않았다고."

 물론 거짓말이었다.

 백호는 고개를 갸웃거리며 중얼거렸다.

 "흐음. 내가 사람을 잘못 보았나? 그렇게 입이 가벼운 자가 아닌데."

 백호의 무기를 만들어준 무기의 명인에게는 미안했지만

지금 상황은 남을 생각할 여유가 없었다.

한성은 굳은 표정으로 말했다.

"부탁드립니다. 디케이를 베어 버릴 때만 사용하겠습니다. 답례는 꼭 하겠습니다."

한성은 진지하게 말하고 있었지만 백호는 가볍게 한숨을 내쉬며 말했다.

"하나 충고하지. 내일 디케이를 상대할 생각은 하지 마라. 내 검을 빌려 준다고 하더라도 결코 이기지 못해. 쪽수를 믿고 덤비는 것 같은데 얼마나 많은 사람들을 모았는지 몰라도……."

백호의 말이 끝나기 전에 한성이 말했다.

"아니, 혼자 할 겁니다."

모두의 시선이 한성에게 향했다.

당연히 숫자로 밀어 붙일 거라 생각했지만 한성은 홀로 행동할 거라 말하고 있었다.

"……."

잠시 정적이 흐르고 백호는 물었다.

"진심이냐?"

한성은 대답대신 정면으로 눈을 바라보았다.

눈빛에서 흐르는 의지는 충분히 백호에게 전해져 왔다.

"진심이군. 좋아. 아까 거래를 하자고 했지? 검을 빌려 준다면 무엇을 줄 거지?"

백호의 질문에 한성이 답했다.

"당신과 길드원들의 생명, 그리고 돈. 마지막으로 미래를 바꿀 수 있는 힘."

백호는 담담한 표정을 지었는데 주변에서 헛 웃음 소리가 들려왔다.

"허허허!"

"하하핫!"

"길드란다. 우리가 언제 길드가 되었지? 우리 길드 이름이 뭐야? 하하하!"

아직까지 이들은 경호 업체일 뿐이었으며 길드 정도 되는 규모는 아니었다.

있지도 않은 길드원의 생명을 구해주겠다고 하니 당연히 헛웃음이 나왔으며 한성의 몰골로는 결코 돈이 많은 인물로 보이지 않고 있었다.

곁에 있던 경호원 한명이 물었다.

"혹시 자네 무슨 재벌가와 연결되어 있나?"

"전혀."

"보증은? 아니면 우리가 믿을 근거는?"

"전혀 없다."

증명을 할 수 있는 것은 아무것도 없었다.

부탁을 하는 처지였지만 한성은 당당하게 말했고 지금까지 듣고만 있었던 부대장 이성욱이 끼어들었다.

"대장! 헛소리는 그만 들읍시다! 생존도에 끌려온 뉴비 주제에 무슨 힘이 있겠습니까? 이자는 검을 팔아 먹을 생각으로 접근한 거예요!

세이프 존에 있는 NPC는 아이템을 팔 뿐만 아니라 귀속이 되어 있지 않은 아이템을 구입하기도 했는데 백호가 들고 있는 검이라면 상상 조차 할 수 없는 거액을 받을 것이 분명했다.

물론 생존도에서만 쓸 수 없는 G 포인트 이기는 했지만 백호의 검 하나만 팔아도 생존도에서 판매하고 있는 최고가의 아이템을 세트로 마련하고 남을 것이 분명했다.

이런 사실 탓에 성욱은 한성이 백호의 검을 팔 생각을 가지고 있다고 생각하고 있었다.

흥분하고 있는 대원들과는 다르게 백호는 말했다.

"위험을 감당하면서도 다른 이들을 생각하는 마음. 교과서에나 나올 듯 한 행동. 뭐 그런 사내를 싫어하지는 않아. 하지만 지금 내 눈으로 보면 이건 용기가 아니야. 영웅 심리 또는 만용으로 보인다네."

한성은 침묵했다.

사실 지금 자신이 백호라 하더라도 똑같은 생각을 할 것이 분명했다.

백호는 담담하게 말을 이었다.

"자네의 정체가 궁금하기는 하지만 말이야. 난 원칙을 따른다. 우리가 이곳에 온 이유는 고객의 안전. 계획에 없던 일에 참가해서 모든 것을 그르칠 수는 없다. 돌아가도록."

백호는 단호하게 말했고 더 이상 그를 설득할 수는 없었다.

 백호의 도움을 받을 계획은 수포로 돌아갔다.

 한성은 힘없이 고개를 떨어뜨리며 자신의 숙소로 돌아가기 시작했다.

 마지막 희망이 사라져 버렸다.

 한성은 스스로에게 위안을 했다.

 '차라리 잘 된 일인지도.'

 경호원의 도움이 없어졌으니 이제 더 이상은 고민할 필요 없었다.

 이제 내일 벌어질 학살을 외면하고 철저히 몸을 사린 다음에 경호원들이 떠날 때 자신도 같이 떠나면 그만 이었다.

NEO MODERN FANTASY STORY

9. 격투 아닌 학살.

## 9. 격투 아닌 학살.

다음날.

곧 벌어질 참혹한 비극에는 어울리지 않게 화창한 햇살이 가득 내려앉고 있었다.

내려쬐는 따사로운 햇살을 받으며 디케이는 부하들과 함께 성채로 입장하고 있었다.

어제와는 다르게 성채 입구에는 어떤 방어책도 보이지 않고 있었다.

성채의 입구에 도착하는 순간 디케이의 눈썹이 꿈틀 거렸다.

가장 선두에서 유상을 비롯한 리더들이 절을 하고 있었다.

마치 왕으로 임명 한 듯이 유상을 비롯한 열 댓명의 사내들은 머리를 땅에 박은 채 감히 고개조차 들지 못하고 디케이를 향해 절을 하고 있었다.

한 눈에 보아도 항복 선언이었다.

"오호. 포기가 빠르군. 잘 선택했어. 킥킥."

앞쪽에서 리더들이 머리를 숙이고 있는 모습에 디케이는 만족스러운 듯이 웃음을 흘리고 있었다.

먼 발치에서 보고 있던 한성은 생각했다.

'여섯!'

디케이 뿐만 아니라 곁에 있던 늑대인간의 숫자는 어제보다 네 명이 늘어난 여섯 이었다.

디케이 부하 한명도 상대할 수 없는 상황에서 여섯이나 있었으니 이미 상황은 보나마나였다.

디케이가 앞쪽에서 엎드려 절을 하고 있는 플레이어들을 바라보며 성채 안으로 깊숙이 들어오는 순간 이었다.

디케이의 시선은 앞에서 절을 하고 있는 플레이어들에게 향하고 있었는데 무언가를 느꼈다는 듯이 중얼거렸다.

"생쥐가 너무 많구나."

그때였다.

뒤쪽 성벽에서 숨어 있던 플레이어들이 튀어 나오기 시작했다.

"우와아아아!"

함성 소리와 함께 뒤쪽에서 플레이어들이 달려들었지만

디케이는 바라보지도 않고 냉소를 흘렸다.

"풋!"

곧바로 디케이의 손에 들려 있던 사슬이 살아 있는 생명체처럼 뒤로 뻗어갔다.

츠르륵!

분명 팔을 움직이지도 않았음에도 불구하고 쇠사슬은 정확하게 뒤쪽에서 검을 들고 뛰어 오른 사내의 머리를 향해 솟구쳤다.

곧바로 '퍼억!' 하는 소리와 함께 사슬의 끝에 달려 있는 추가 사내의 머리를 박살내 버렸다.

주변에서 놀라는 비명 소리가 울려 퍼졌다.

"으아악! 움직이지도 않았는데!"

많은 플레이어들이 모르고 있던 사실 중 하나가 레벨이 30을 넘었을 경우 손을 사용하지 않아도 마나의 힘을 이용해 물체를 움직일 수 있었다. 특히나 디케이의 주력 무기인 쇠사슬은 마나의 힘에 최적화 되어 있는 무기인 탓에 지금처럼 약한 플레이어들을 사용할 경우 디케이는 굳이 힘을 소비할 필요조차 없었다.

비명 소리는 과거의 자신의 모습을 떠올리게 했다.

과거에 자신은 싸우는 쪽을 선택한 지라 지금과는 다른 한쪽 성채에서 창을 들고 숨어 있었다.

그 탓에 디케이와 그의 부하들을 제대로 살펴 보지 못했고 앞쪽에서 어떤 상황이 벌여졌는지 제대로 파악하지 못했지만 지금은 달랐다.

뒤쪽에는 서른 명 정도의 플레이어들이 매복해 있었는데 처음부터 디케이는 이 사실을 알고 있었다.

디케이가 중얼거렸다.

"하여간. 주제 파악 못하는 놈들은 꼭 있어요. 꼭 본보기를 보여줘야 정신을 차리지."

아직 뒤를 돌아보지도 않고 있었지만 디케이의 쇠사슬은 살아 있는 물체처럼 좌우로 요동 치고 있었다.

촤아아앗! 촤아앗!

마치 거대한 곤봉처럼 쇠사슬은 좌우로 흔들리며 플레이어들을 날려 버리며 비보라를 일으키고 있었다.

"뒤처리 해!"

아직 앞쪽에는 훨씬 많은 플레이어들이 있었지만 디케이는 직접 나서겠다는 듯이 부하들을 뒤쪽으로 보냈다.

곧바로 늑대인간들과 플레이어들은 서로 무기를 겨누며 전투를 벌였고 앞쪽에서 엎드려 있었던 유상이 외쳤다.

"공격!"

신호와 동시에 앞쪽에서 엎드려 있던 플레이어들이 죽창을 내밀며 달려들기 시작했다.

유상의 계획대로 부하들은 모조리 뒤쪽의 공격을 신경 쓰느라 앞쪽은 텅 비어 있었다.

사방에서 죽창이 쏟아져 왔지만 디케이는 몸으로 맞아주겠다는 듯이 불뚝 나온 배를 내밀고 있었다.

"찔러봐!"

"이야야얏!"

"죽어랏!"

죽창이 사방에서 디케이의 몸을 향해 찔러 들어갔다.

아직 죽창이 명중되지도 않았지만 한성은 고개를 흔들었다.

'무리. 저 레벨에 쓰레기 등급 무기 가지고는 결코 디케이의 두꺼운 피부를 찢을 수 없다.'

탁! 탁! 탁!

죽창이 명중되는 소리가 들려오기는 했지만 오히려 죽창은 디케이의 몸에서 튕겨 나오고 있었다.

디케이의 몸에는 피 한 방울 튀기지 않고 있었고 디케이는 오히려 간지럽다는 듯이 웃어 보이고 있었다.

"흐흐. 간지럽다."

디케이는 커다란 손바닥을 들어 올리며 중얼거렸다.

"네 놈들에게는 무기가 아깝다. 귀싸대기 스킬!"

손바닥을 활짝 편 디케이는 하늘로 손바닥을 들어 올리듯이 플레이어의 머리를 가격했다.

찰싹! 찰싹! 찰싹!

"쿠어어어억!"

사람 머리만한 손바닥이 회전을 하며 움직이자 순식간에 대 여섯명의 플레이어들의 머리가 돌아가며 허공으로 솟구쳤다.

무기 하나 들지 않은 채 한 손만을 휘두르고 있었지만 디케이의 손바닥은 그 어떤 무기보다도 강한 무기였다.

"쪽수로 밀어 붙여!"

유상은 외치고 있었지만 정작 유상 자신의 발걸음은 뒤로 물러서고 있었다.

"우아아아앗!"

수 십의 병사들이 동시에 달려들었지만 디케이의 몸에 작은 상처 하나 내지 못하고 있었다. 찔러 넣은 죽창들은 미끄러지듯이 비켜나고 있었고 디케이의 거대한 손바닥이 떨어져 왔다.

"푸어어어억!"

손바닥 한방에 이빨과 핏물이 허공으로 튀어올랐고 그대로 플레이어들은 땅바닥으로 쳐박히고 있었다.

당황한 외침이 이어져 왔다.

"당해낼 수 없습니다!"

"감당할 상대가 아닙니다!"

전략이고 뭐고 전혀 통하지 않는 다는 사실은 이미 플레이어들의 전투 의욕을 꺾기에 충분했다.

"눈! 눈을 노려라!"

아무리 디케이라 하더라도 눈을 노린다면 이길 수 있을 거라 생각한 플레이어들은 뛰어 오르며 디케이의 눈을 향해 죽창을 내밀기 시작했다.

'성공… 엇!'

디케이의 눈에 죽창을 꽂았지만 마치 방탄 유리를 긁은 듯이 죽창은 빗겨나가고 있었다.

"히죽 히죽!"

플레이어의 놀란 표정에 히죽 거린 디케이가 중얼거렸다.

"꽈배기를 만들어 주지!"

뛰어 오른 플레이어는 디케이에게 붙들렸고 마치 빨래를 짜는 듯이 디케이는 사내의 몸을 뒤틀기 시작했다.

우드득! 우드득!

"으아아아악!"

뼈가 뒤틀리는 소리와 함께 플레이어는 꽈배기가 되어 버렸다.

디케이의 공포는 충분히 전해져 왔다.

뒤쪽에서 기습을 했던 플레이어들은 벌써 늑대인간들에게 제압당해 버렸고 디케이의 손바닥이 내려치는 모습에 플레이어들은 얼어붙어 버렸다.

덜덜 떨고 있는 플레이어들은 창을 내려 놓고 있었고 얼이 나간 듯한 플레이어를 향해 디케이의 손바닥은 자비란 없었다.

"정신 차려야지! 나를 위해 졸이 될 놈들이 정신이 나가서야!"

철썩! 하는 소리가 울려 퍼질 때 마다 플레이어들의 몸은 날아가 버리고 있었고 거구의 움직임이라고는 믿어지지 않을 정도로 디케이의 몸놀림은 빨랐다.

"흐흐. 다 죽여 버리면 내 졸개가 없어지니까. 지금부터는 살살 해 줄게."

손을 움직이지도 않았지만 쇠사슬은 벨트처럼 스스로 움직여 디케이의 허리에 감겼다.

곧바로 디케이의 움직임이 시작되었다.

"뚱뚱하면 느을 거라는 편견을 버려!"

거구의 몸집이 버드나무처럼 흔들리며 움직이고 있었다.

자신의 유연함과 재빠름을 보여주겠다는 듯이 맞아주어도 될 죽창들을 피하며 자신을 향해 돌격해 오는 플레이어들을 어린애 다루듯이 한 손으로 밀쳐 버리고 있었다.

"라라라라라!"

어느새 눈 앞에 있던 디케이의 몸은 뒤쪽에서 나타나고 있었다.

입으로 노래를 흥얼거리며 디케이는 살짝 살짝 손으로 플레이어의 몸을 밀쳐 버리고 잡아 당겨 버리고 있었다.

디케이의 커다란 손에 밀린 플레이어들은 비명을 내지르며 나뒹굴고 있었고 가지고 놀겠다는 듯이 손가락 두 개만을 가지고 플레이어들을 제압하는 모습은 처음부터 상대가 되지 않는 게임 이었다.

죽지는 않았지만 디케이의 강함은 더욱더 무섭게 전해져 왔다.

격이 다른 상대라는 것을 안 플레이어들은 더 이상 앞으로 나서지 못하고 있었다.

"으. 으…."

무기가 통하지 않는 다는 사실.

쪽수로 밀어 붙이지 못한다는 사실.

눈 앞에서 동료들이 죽어가는 사실.

이 모든 것들은 플레이어들에게 체념을 하게 만들었다.

"룰루랄라!"

흥겨운 듯이 디케이는 콧노래와 함께 손가락으로 플레이어들의 얼굴만을 튕기고 있었는데 그의 주변으로는 플레이어들이 연이어 쓰러지고 있었다.

모두가 실패했다는 것은 알고 있었고 두려움은 더 이상 플레이어들을 움직이지 못하게 만들었다.

거의 포기한 상황이었지만 한성의 시선은 디케이에게 향하고 있었다.

회귀를 하기 전 실력을 가지고 있다면 우습게 볼 상대였지만 지금은 달랐다.

눈에 보이는 뚱뚱함은 결코 문제가 되지 않는 다는 듯이 디케이의 몸놀림은 재빨랐고 그의 손은 번개 같이 움직이며 플레이어들을 날려 버리고 있었다.

'속도. 역시 따라잡을 수 없다.'

대다수의 플레이어들은 디케이의 파괴력에 놀라고 있었지만 한성은 디케이의 속도에 집중하고 있었다.

이미 디케이는 속공 스킬을 익히고 있는 상황이었고 속공 레벨 역시 상당했다.

자신 역시 속공 스킬을 익히고 있었지만 디케이의 속공 스킬은 자신 보다 훨씬 더 우위에 있었다.

자신이 백호의 검을 가져 왔다 하더라도 디케이의 몸을 고정 시키기 이전엔 결코 닿지 조차 못할 것이 분명했다.

'무기도 통하지 않고 속도도 따라잡을 수 없다.'

디케이를 상대할 수 있는 방법은 전혀 보이지 않고 있었다.

한성이 디케이를 살펴 보는 동안 유상은 쩔쩔 매고 있었다.

이미 그의 눈은 당황함으로 가득 차 있었다.

자신이 감당할 수 있는 상대가 아니라는 것을 알고 있었고 꼬리를 내리고 오줌을 지리고 있는 개가 되어 있는 상황이었다.

디케이의 몸이 유상의 앞에 나타나는 순간 이었다.

디케이는 겁을 주겠다는 듯이 유상의 코 앞까지 자신의 얼굴을 들이 밀었다.

"네 놈이 주동자냐?"

"아… 아…."

섬뜩하기만 한 디케이의 얼굴이 바로 눈앞에 보이자 유상은 얼어붙은 듯이 아무런 말도 하지 못했다.

겁을 먹은 유상이 재미있다는 듯이 디케이가 히죽거렸다.

"이히히. 지금 까지는 내 부하로 쓸 놈들이라서 기절만 시켰는데 네놈은 대표니까 대표로 죽어야 겠지? 어떻게 죽일까? 타인의 본보기가 되게 좀 잔인하게 죽이고 싶은데 말이야. 꽈배기? 아니면 다른 거 보여줄까?"

무서운 디케이의 눈빛이 마주치는 순간 얼어붙어 있던 유상의 다리가 풀렸다.

"항복합니다! 부디 자비를 베풀어 주소서!"

제자리에 주저앉아 버린 유상은 디케이의 다리를 붙잡은 채 사정하고 있었는데 디케이가 웃으며 말했다.

"풋. 네 놈이라면 믿겠니?"

디케이는 가볍게 발로 유상의 머리를 걷어찼다.

코에서 피가 튀어 나오며 유상의 몸은 뒤로 나가 떨어졌다.

"크아아아!"

나가떨어진 유상은 다시 기어오며 디케이의 다리를 붙잡았다.

"제발! 제발!"

피범벅이 된 얼굴에는 눈물이 흘러내리고 있었다.

슬픔이 아닌 두려움에 흘리는 눈물.

동정을 유발 시키는 눈물이 흘러 내리고 있는 상황에서도 유상의 머리는 빠르게 움직이고 있었다.

조금 전 디케이의 발차기에 맞았음에도 불구하고 자신은 아직 살아 있었다.

단 일격에 자신을 죽이지 않았다는 것은 아직 희망이 있다는 것을 의미했다.

"살려만 주신다면 충실한 개가 되겠습니다!"

과연 디케이의 입에서 희망에 대한 대답이 나왔다.

"흐흐흐. 그럼 증명해봐."

놀란 눈으로 유상은 디케이를 바라보았다.

무엇을 해야 하는 지 알지 모르겠다는 유상의 눈빛에 디케이가 말했다.

"다시는 나를 배신할 수 없도록 증명을 해 보라고. 조금 전 까지 동료였던 저들을 베어봐. 5명만 베어버려. 그럼 믿어주지. 아! 그리고 미녀는 죽이지 마! 1분 준다. 5명 죽이면 살려주고 졸개 대장으로 삼아 주지."

정신이 없는 가운데에서도 살려준다는 말은 유상의 귀에 또렷하게 박혔다.

유상은 벌떡 일어났다.

실제로 시간을 재고 있지도 않았지만 1 분이라는 시간 제약이 주는 억압감은 유상에게 본능적으로 죽창을 찌르게 만들었다.

유상의 죽창이 곁에 있던 동료 두 명의 목을 연이어 찔렀다.

"으악! 으악!"

제일 먼저 죽창을 찌른 사내는 지난 밤 한성에게 두들겨 맞은 두 명의 사내였다.

곧바로 유상의 창이 움직였다.

조금 전 까지 동료였던 이들이었지만 지금 유상은 사정없이 창을 찔러 넣고 있었다.

"아악! 아악!"

도덕이나 의리 이런 것은 전혀 유상의 머리에 들어오지 않았다.

죽이지 않으면 죽는다는 사실은 유상을 반쯤 미쳐 버리게 만들어 버렸다.

"마, 막아!"

"이런 개자식이!"

유상에게 대항하려는 자들을 본 디케이가 말했다.

"킥킥! 새 동료다! 도와줘라!"

늑대인간들은 창을 들고 유상을 호위하듯이 움직였다.

늑대인간의 모습에 그 누구도 유상을 막을 수는 없었다.

플레이어들은 사방으로 달아나고 있었고 뒤를 따라 죽창을 들고 쫓아가는 유상의 모습은 악마의 모습 그대로였다.

젊은 플레이어들이 재빨리 몸을 피했으니 남겨진 지들은 어린 아이와 노인들 이었다.

유상이 겨눈 죽창 앞에서 노인은 양팔을 흔들며 머리를 막고 있었지만 유상은 가차 없었다.

"죽어라! 죽어라!"

반쯤 미쳐 버린 채로 창을 내리 찍고 있던 유상의 앞에는 어느새 다섯 구의 시체가 쌓였다.

끔찍한 시체를 바라보며 유상이 말했다.

"처단 했습니다!"

살인을 저질렀다는 사실도 그 어떤 비난도 개의치 않는다는 듯이 유상은 디케이를 향해 보고를 하고 있었다.

죽인 자들에 대한 양심의 가책은 전혀 없었고 오히려 디케이가 시간을 꼬투리 잡는 것이 아닌지가 더욱더 걱정이 되고 있었다.

유상에게는 다행스럽게도 디케이는 미소를 가득 머금으며 말했다.

"으허허! 시원하게 죽이는 게 마음에 들어! 좋아! 내 졸개 1호다."

자신이 살 수 있다는 생각에 떨림은 벌써 멈추어 있었다.

상황은 모두 종료 되었다.

더 이상 그 누구도 대항하는 자는 없었고 절망과 좌절만이 가득한 가운데 눈물들이 바다를 이루고 있었다.

이런 광경이 마음에 드는 듯이 디케이는 웃음을 흘렸다.

"흐흐흐. 좋아. 모두 집합! 단 한명도 빠짐없이 전원 집합."

과거의 악몽을 다시 보는 것처럼 디케이의 집합 소리가 울려 퍼졌다.

집합을 알리는 소리가 비수처럼 한성의 심장에 꽂히고 있었다.

NEO MODERN FANTASY STORY

10. 격돌.

회귀의 절대자

## 10. 격돌.

몇 분 후.

기억 속 그때와 똑같은 상황이 진행되고 있었다.

광장에는 모든 플레이어들이 모여 있었다.

"빨리 빨리 움직여!"

유상은 벌써부터 디케이의 수족이나 된 듯이 플레이어들을 한 곳으로 모으고 있었고 디케이는 흐뭇한 듯이 이 광경을 바라보고 있었다.

플레이어들 중에는 유상 같은 자가 한명만 있는 것은 아니었다.

벌써 영악한 자들은 재빨리 머리를 굴렸다.

디케이를 죽이는 것은 불가능했다.

어차피 이곳에서 절대자는 디케이 이었으니 이들이 살 수 있는 방법은 디케이의 부하가 되는 방법 이었다.

눈치를 보고 있던 몇몇 이들은 슬그머니 유상의 곁에 섰고 디케이는 벌써 이들의 마음을 읽었다는 듯이 말했다.

"흐흐. 선착순 12명. 12명 까지는 상급 졸로 인정해주마. 빨리 붙어!"

디케이의 말이 끝나는 순간 눈치 보고 있던 플레이어들은 서로 살겠다는 듯이 앞 다투어 뛰쳐나갔다.

조금 전 까지 이들은 디케이를 죽이려 하던 자들이었지만 이미 죽음이라는 공포 앞에서 이들은 서로 디케이의 부하가 되겠다고 애걸하고 있었다.

"충성하겠습니다!"

"훌륭한 졸이 되겠습니다!"

애걸하는 모습에 디케이는 이럴 줄 알았다는 듯이 헛웃음을 흘렸다.

"훗!"

더 이상 관심이 없다는 듯이 디케이는 모여들고 있는 플레이어들을 바라보았다.

하나 둘 씩 플레이어들이 모이는 광경을 바라보고 있는 가운데 디케이가 흐뭇한 표정을 지으며 중얼거렸다.

"명색이 생존도의 1/4을 다스리는 보스인데. 나도 어느 정도 부귀영화는 누려야 해. 생존도 밖으로 나갈 수도 없는 나인데 이런 낙이라도 있어야겠지."

움직이는 것조차 귀찮다는 듯이 반쯤 누워 있던 디케이의 시선이 한쪽으로 향했다.

"호오."

한쪽에서 다가오는 자들을 바라 본 디케이가 몸을 일으켰다.

한쪽에서는 백호를 필두로 경호원들이 다가오고 있었다.

몇 명은 안쪽에서 고객들을 경호하고 있다는 듯이 다가오는 자들은 세 명에 불과 했지만 이들이 주는 중압감은 디케이라 하더라도 긴장을 풀 수 없게 하고 있었다.

마치 싸우겠다는 듯이 다가오는 경호원들의 모습에 디케이는 무기를 움켜쥐었고 디케이의 부하들 역시 무기를 든 채 그의 곁으로 향했다.

디케이의 시선이 선두에 온 백호를 향했다.

"오호. 당신들은 올 필요 없는데? 전에 말했듯이 재벌가 분들은 건드리지 않아요. 물론 나를 건드린다면 가만 두지는 않겠지만 말이야. 큭큭."

디케이의 눈에는 싸워도 이길 수 있다는 자신이 서려 있었다.

혹시나 경호원 그룹이 자신들을 구해 주지 않을지 모른다는 생각에 모두의 시선은 백호에게 향하고 있었다.

플레이어들의 기대를 저버리는 대답이 백호의 입에서 나왔다.

"전혀. 방해할 생각은 없다. 단지 구경을 하고 싶을 뿐."

백호는 싸울 의사가 없다는 듯이 자신의 검을 꺼내지도 않고 있었고 맨손을 내보였다.

디케이 역시 무기를 한쪽으로 치웠다.

"흐흐. 좋아. 구경하고 마음에 들면 나에게 힘을 보태줘. 답례는 충분히 할 테니까 말이야. 뭐 원한다면 쓸 만한 미녀도 몇몇 빌려 줄 수 있어."

디케이는 백호가 자신을 구경한다고 생각했는데 정작 백호의 시선은 한성쪽으로 향하고 있었다.

구경을 할 것은 디케이가 아니라 한성이었다.

한성을 도와줄 생각은 없었지만 그에 대한 궁금증은 끝내 백호의 발걸음을 이쪽으로 이끌게 했다.

'어떻게 할 거지?'

자신들의 도움을 얻지 못했으니 한성 스스로 홀로 해결을 해야만 했다.

부대장 이성욱이 조용히 말했다.

"쓸데없는 일에 말려들 필요는 없는 것 같습니다. 말씀하신대로 도서진과 유일중에게 준비는 하라고 했습니다만 아무 이득도 없는 괜한 일에 빨려들어갈까 두렵군요."

백호는 활을 무기로 쓰는 부하 도서진과 유일중에게 디케이를 겨누라 명령을 내린 상황이었고 이들 둘은 성채의 높은 곳에서 디케이를 겨누고 있었다.

경호원들이 모조리 덤벼서 디케이를 누를 수 있을 지는 알 수 없었지만 제압한다 하더라도 그 뒤처리는 상당히 곤란했다.

아무리 경호원들이 관리자의 허락을 받고 들어왔다 하더라도 어디까지 넘지 말아야 할 선이 있었다.

한성에게 무기를 빌려 주는 것 정도는 어찌 넘어갈 수 있을지 몰라도 직접적으로 디케이나 그의 부하들을 건드리는 것은 선을 넘어도 크게 넘는 일이었다.

성욱은 걱정된다는 듯이 말했지만 백호는 담담히 말했다.

"걱정하지 말게나. 말 그대로 상황을 지켜 볼 뿐이니까."

이 어려움을 어떻게 해결할지 궁금하다는 듯이 백호는 한성을 바라보고 있었는데 정작 한성은 아직까지 알지 못하고 있었다.

인파 속에서 한성은 동료도 없이 홀로 서 있었다.

눈앞에서 사람들이 왔다 갔다 하고 있었음에도 한성의 눈에는 들어오지 않고 있었다.

'그 순간으로 돌아왔다.'

결정을 내려야 할 시간으로 돌아온 한성은 품안의 단검을 매만지고 있었다.

전투에서 죽창이 더 유리했지만 쓰레기 등급 무기로는 전혀 상처를 낼 수 없는 탓에 그나마 하급 무기인 단검이 유일하게 기대할 수 있는 무기였다.

다시는 경험하고 싶지 않았던 기억이 되돌아 왔다.

과거의 후회를 평생 짊어지고 가야할 그 순간.

그 당시 레벨은 4.

당시 무기력하게 바라만 보고 있었다.

자신의 선택이 잘못된 거라고 생각하지는 않았다.

그 당시 섣불리 나섰다면 분명 죽었을 것이다.

한성이 고민하고 있는 가운데에서도 디케이는 고르겠다는 듯이 모여 있는 사람들 속에서 누군가를 골라내고 있었다.

"오! 저기 저기. 예쁘네. 이리 오도록."

디케이는 자신의 취향에 맞는 여자들은 하나 하나 골라내고 있었다.

한성의 눈에 꿈에서 수도 없이 보았던 그녀의 모습이 보였다.

과거 자신은 그녀의 뒤쪽에 있었는데 지금 한성은 그녀를 디케이에게서 조금이라도 눈에 띄지 않게 하기 위해 그녀의 앞쪽에 있었다.

단지 작은 몸부림에 불과했지만 자신이 할 수 있는 것은 무엇이라도 하고 싶었다.

두려움에 떤 채로 여자들은 하나 둘씩 디케이의 부하들에게 끌려 나가고 있었다.

디케이의 발걸음 소리가 가까워 질수록 한성의 심장은 더욱더 빨리 뛰고 있었다.

'허나 지금은. 레벨 12.'

과거에 비해 8개가 더 높기는 했지만 이 정도의 레벨을 가지고 디케이를 상대할 수 있는 가는 의문이었다.

지금 한성의 몸 안에서는 차가운 머리와 뜨거운 가슴이 서로 싸우고 있었다.

차가운 머리가 명령을 내렸다.

'현실을 직시해라!'

무기는 최하급 등급의 단검이 유일했고 방어구는 전혀 없었다.

증폭이라는 스킬이 있기는 했지만 그 짧은 시간에 명중을 시킨다는 것은 불가능에 가까웠다.

디케이를 죽일 수 있다 하더라도 만일 그를 죽인다면 자신이 알고 있는 과거와는 판이하게 다른 결과를 만들어 낼 것이 분명했다.

지금 이곳에서 움직이지 않는다면 스킬을 가지고 있고 미래를 알고 있는 자신의 길은 훨씬 더 수월하게 진행될 것이 분명했다.

더 어려운 길을 가야 될 것을 알고 있었지만 마음 한 편은 생각은 자신의 심장 깊은 곳에서 울리고 있었다.

'다시 평생 죄책감을 안고 살아 갈 건가?'

한성은 고개를 떨어뜨렸다.

한성이 마지막 고민을 하고 있던 순간 백호는 고개를 떨어뜨리고 있는 한성을 바라보며 생각했다.

'현명하다. 다만 너무나 당연한 선택인 탓인지 약간은 실망이 드는군. 내가 쓸데없는 기대를 한 건가?'

백호가 생각하는 순간 한성은 결정을 내렸다.

숙였던 고개는 서서히 세워지고 있었다.

피했었던 디케이의 모습이 보였다.

한성은 나지막이 중얼거렸다.

"어리석구나."

스스로에게 내뱉고 있었지만 이미 다리는 자신의 의지와는 다른 방향으로 움직이고 있었다.

결국 차가운 머리는 뜨거운 가슴을 이기지 못했다.

한성의 움직임에 백호의 눈썹이 꿈틀거렸다.

'싸울 생각이군.'

아직 무기조차 꺼내지 않았지만 이미 한성의 몸에서 나오는 투지는 한성의 의지를 충분히 읽게 하고 있었다.

자신을 노려보는 시선을 느끼지도 못한 채 디케이의 시선은 여자들에게 꽂혀 있었다.

"아이씨! 거기 남자들 다 비켜! 거기 못생긴 년 안 비켜!"

미녀를 찾는 다는 듯이 두리번거리고 있던 디케이에게 한성의 모습은 보이지 않고 있었다.

디케이의 목소리가 들려왔다.

"너무 억울해. 미녀들은 다 윗대가리들이 독차지 하고 나는 고작 떨거지들이나 상대해야 하잖아? 어쩔 수 없으니 이곳 생존도에 온 떨거지에서라도 골라 봐야지."

과거처럼 디케이는 한성의 앞쪽에서 멈추어 섰다.

'왔다.'

보석을 보았다는 듯이 탐욕스러운 눈빛을 빛내며 오랜 시간 동안 굶주렸다는 듯이 입에서 침을 흘리고 있는 디케이는 징그러운 감탄사를 토해 내었다.

"오! 오! 흥분 돼! 이거 정말 마음에 들어! 올해는 정말 대박이군!"

디케이는 한성 뒤쪽에 있는 여자를 가리키며 말했다.

"떨거지만 보다가 이런 미녀를 보다니 정말 기쁘군. 오호! 선택! 거추장스러우니 주변의 떨거지들은 다 사라지도록!"

디케이는 여인을 향해 앞으로 나섰고 주변에 있던 자들은 모두 다 양 옆으로 비켜 섰다.

모두가 비켜서는 가운데 한성은 움직이지 않았다.

모두의 시선은 벌벌 떨고 있는 여인과 자신에게 집중되고 있었다.

백호의 부하들 역시 한성을 궁금하다는 듯이 바라보았다.

'진짜 싸울 생각인가?'

'미쳤군.'

여인은 얼어붙은 듯이 움직이지 못하고 있었는데 한성은 그녀를 보호하겠다는 듯이 한걸음 앞으로 나섰다.

"으음?"

디케이의 걸음이 멈추어 졌다.

미녀 대신 살기를 품은 한성이 나오자 디케이의 얼굴이 구겨졌다.

한성의 뒤쪽에 있던 여인은 서둘러 한쪽으로 피했는데 디케이의 시선은 여전히 한성에게 향하고 있었다.

"넌 뭐냐?"

같잖다는 듯이 디케이가 말하는 순간 한성은 단검을 내보이며 말했다.

"인간으로서 자격을 포기하고 영혼을 잃은 자. 처단하겠다!"

"오오."

놀란 듯이 디케이의 눈이 커지기 시작했다.

놀란 표정을 짓고 있었지만 디케이의 눈은 어이없음에 놀란 눈 이었다.

제대로 된 방어구 하나 없이 달랑 자신의 몸에 박히지도 않을 단검 하나 들고 있는 한성을 본 디케이는 크게 웃기 시작했다.

"푸하하하하하!"

비웃음이 울려 퍼지는 가운데 디케이가 말했다.

"애들아 들었냐? 이놈이 날 베겠단다!"

"킥킥킥!"

"푸하하하하!"

주변에 있던 부하들 역시 모두 다 비웃기 시작했다.

들려오는 비웃음에도 아랑곳 없이 한성은 뒤쪽에서 놀란 표정을 짓고 있는 플레이어들을 향해 말했다.

"이 몬스터를 죽이면 이 몬스터가 가지고 있는 모든

아이템을 획득할 수 있다. 그 아이템을······."

한성의 말이 끝나기도 전에 디케이의 눈에 불꽃이 일었다.

"몬스터?"

눈을 부라린 디케이의 말이 끝나는 순간 이었다.

디케이 곁에 있던 늑대인간들이 동시에 창을 집어 던졌다.

휙! 휙! 휙! 휙!

서로 칭찬을 듣겠다는 듯이 늑대인간은 경쟁하기라도 하듯이 한성을 향해 창을 집어 던졌는데 한성은 몸을 가볍게 비틀었다.

속공 스킬은 단순히 몸을 빠르게 움직이는 것 뿐이 아니었다.

상대의 공격을 인식 할 수 있는 반응 속도 까지 더 빠르게 할 수 있었는데 아직 저렙의 속공 스킬이기는 했지만 부하들이 던지는 공격 정도는 충분히 피할 수 있었다.

네 개의 창은 한성의 몸을 스쳐 지나가기는 했지만 단 한 대 도 명중되지 못했다.

"이런 멍청한 놈들!"

생존도에 갓 온 플레이어가 속공 스킬을 가질 수 있는 자는 없었다.

디케이는 한성이 감히 피했다고는 생각하지 못했고 자신의 부하들이 창을 잘못 던졌다고 생각하고 있었다.

한성이 말했다.

"나와 함께 이 몬스터를 쓰러뜨릴 자들은 내 뒤에 서라. 섬을 벗어날 때 까지 함께 해 주겠다고 약속한다."

또 다시 자신을 몬스터라 칭하는 말에 디케이의 얼굴에는 화난 기색이 역력해졌다.

자신에게 몬스터라고 두 번을 부른 플레이어는 한성이 유일했다.

부하들이 창을 던지려는 순간 디케이는 한 손을 들어 제지했다.

"아니. 건들지 마. 이 놈은 내가 직접 하겠다."

디케이의 표정이 무섭게 바뀌며 말했다.

"내가 경고했을 텐데? 난 나를 몬스터라 부르는 자를 가장 싫어한다고."

한성은 개의치 않았다.

덜덜 떨고 있는 플레이어들에 한성은 크게 외쳤다.

"이 몬스터 밑에서 노예로 살 건가? 인간이면 다른 인간이 노예가 되는 것을 막아라!"

이 말은 한성이 자신 스스로에게 한 말이었다.

"ㅎㅎㅎㅎ."

디케이는 재미 있다는 듯이 낮은 웃음을 흘렸다.

"재미있군. 어디 한번 보지. 네 놈 같이 멍청한 놈이 얼마나 있는지. 자자. 싸워 보실 분 나와 봐."

예상대로 플레이어들은 눈치만 보고 있을 뿐 그 누구도

한성의 뒤로 서는 자는 없었다.

디케이는 한 손에 들고 있던 쇠사슬을 들어 올렸다.

"네 놈은 졸의 가치도 없다. 가장 잔인하게 죽여주마."

한 걸음 앞으로 나선 디케이는 한성 뒤쪽에 있는 플레이어들을 바라보며 말했다.

"모두 똑똑히 보도록. 함부로 까불면 얼마나 참혹하게 죽는지 보여주마!"

디케이의 위압감에도 한성은 대꾸했다.

"네 놈이 말했잖아. 이곳에서는 강자가 법을 만든다고. 네 놈을 처단하고 네 놈의 아이템을 기반삼아 새로운 왕국을 만들겠다."

한성의 말에 디케이는 냉소를 머금으며 답했다.

"어떻게 알았는지는 모르겠지만 그 말은 사실이야. 나를 죽이면 단번에 레벨이 뛰어오르는 것 뿐만 아니라 내가 휴대하고 있는 아이템도 가질 수 있지. 허나 스킬 하나 가지고 있지 않은 네 놈이 어떻게 날 상대할 거지?"

한성이 희망을 거는 것은 단 하나.

디케이는 한성이 속공 스킬과 증폭 스킬을 가지고 있다는 사실을 몰랐고 한성은 디케이가 어떤 방식으로 공격을 하는 지 알고 있다는 점이었다.

'상대는 방심하고 있다.'

이 방심을 최대한 이용해야 했다.

"큭! 죽어랏!"

한성에게 다가가기도 귀찮다는 듯이 디케이는 제 자리에서 가볍게 손을 움직였다.

휘이이이익!

디케이의 가벼운 손짓과 동시에 쳐져 있던 쇠사슬이 번개 같이 한성을 향해 솟구치며 뻗어 갔다.

'속공!'

한성의 몸이 움직이는 것과 동시에 사슬은 옆으로 자나쳐 갔다.

사슬을 피하는 순간이었다.

"오호! 나이스 속공!"

속공 스킬이 있다는 것을 확인했지만 디케이는 전혀 당황하지 않고 있었다.

츠츠르르릇!

사슬이 요동치는 소리가 들려왔다.

빗나갔다고 생각된 사슬은 뱀 같이 움직이며 한성의 몸을 감아 버렸다.

디케이의 입에 미소가 흘렀다.

"잡았다!"

뱀처럼 사슬은 한성의 몸을 꽁꽁 감아 버렸고 곧바로 디케이는 사슬을 잡아 당겼다.

대어를 낚았다는 듯이 디케이가 환하게 웃었다.

"꽈배기 당첨!"

곧바로 디케이는 한성의 몸을 비틀겠다는 듯이 양 팔을

활짝 폈다.

거부할 수 없는 힘이 한성을 끌어당기고 있었지만 한성은 전혀 당황하지 않고 있었다.

'잡을 수 없다면 잡히면 된다!'

사슬로 상대방을 죽이는 모습을 수도 없이 본 탓에 한성은 디케이가 자신의 몸을 붙잡고 끌어당기리라는 것 까지 예측하고 있었다.

한성의 의도를 읽은 자는 백호가 유일했다.

'거리가 가까워졌다!'

모두가 한성이 붙잡힌 것이라 생각했지만 백호는 한성이 의도적으로 붙잡힌 거라 알고 있었다.

'이대로!'

끌려가고 있는 상황에서도 한성의 눈에는 디케이의 빈틈이 보이고 있었다.

꽈배기처럼 플레이어의 몸을 비틀기 위해 두 손을 들고 있었으니 그의 목덜미는 무방비 상태였다.

어차피 한성의 무기로는 자신의 피부를 뚫지 못했으니 디케이는 방어라는 것을 생각조차 하지도 않고 있었다.

한성의 머리와 다리를 붙잡으려 디케이의 손이 뻗어오는 순간 이었다.

두 손으로 쥐고 있던 한성의 단검이 벼락 같이 디케이의 목덜미를 향했다.

'증폭!'

파아아앗!

단검에서 빛이 발산 되며 레벨 11에서 익혔었던 증폭 스킬이 시전되었다.

콰과광!

순간적으로 폭발된 힘은 굉음을 내며 그대로 디케이의 목에 꽂혔다.

저렙인 상황에서 들고 있는 하급 무기 가지고는 결코 디케이의 몸에 단검을 찔러 넣을 수 없었을 테지만 증폭 스킬은 순간적으로 두꺼운 디케이의 피부를 찢게 했다.

"허억!"

디케이의 눈이 커지면 순간적으로 움직임이 멎었다.

짧은 비명소리가 울리는 것과 동시에 구경하고 있던 모든 이들의 눈이 커졌다.

사슬에 붙잡힌 상태에서 이렇게 과감하게 목을 향해 단검을 찔러 넣을 줄 몰랐던 디케이는 그대로 한성의 공격을 받을 수 밖에 없었다.

순간적으로 멈추었던 움직임은 이내 발버둥과 함께 괴성으로 폭발했다.

"크어어억!"

디케이의 목에서부터 쏟아 내린 푸른 피는 느껴지지도 않고 있었다.

단검이 디케이의 목에 파고드는 감촉이 전해져 오는 가운데 울부짖음이 귀를 찢었다.

"우에에에에엑!"

디케이의 몸부림에 한성의 몸이 흔들렸다.

귀를 찢을 것 같은 괴성과 몸의 흔들림 속에서도 한성은 단검을 쑤셔 넣는 것을 멈추지 않고 있었다.

'아직 얕다!'

원래 목부터 시작해서 그대로 반대쪽 까지 그어 버릴 생각이었지만 증폭 시간이 끝난 탓에 그어 버리고 있던 한성의 단검은 목에 박힌 채 움직이지 못하고 있었다.

그때였다.

푹 소리와 함께 들어가고 있던 단검은 단단한 바위에 부딪쳤다는 듯이 더 이상 들어가지 않고 있었다.

증폭 스킬의 도움을 받기는 했지만 저렙이라는 한계와 하급 무기가 주는 단점은 극복할 수 없었다.

"이런!"

한성은 디케이의 양 팔이 자신의 몸을 붙잡는 것이 느껴졌다.

안간힘을 써 보았지만 레벨이 비교조차 되지 않는 이상 힘에서는 결코 디게이를 당해낼 수 없었다.

"우워어어어!"

한성의 몸을 붙잡은 디케이는 그대로 한성을 바닥을 향해 집어 던졌다.

한성의 몸이 바닥에 패대기쳐지는 순간 지켜보고 있던 백호는 고개를 흔들었다.

'끝. 나름 머리를 썼지만 역시나 으음?'

체념한 듯이 고개를 흔들고 있던 백호의 눈이 커졌다.

바닥에 처박혀가고 있는 한성의 머릿속으로 주마등처럼 빠르게 기억들이 되감겨졌다.

과거 여자가 죽었을 때의 모습이 들어왔다.

자신의 행동은 과거와는 다른 결과를 만들어 냈다.

다만 지금 죽는 것은 여인이 아니라 자신이었다.

한성의 몸이 그대로 땅에 처박히는 순간이었다.

자신을 바라보고 있는 여인의 시선이 정면으로 보였다.

'포기하지 마!'

과거와 완전히 뒤바뀐 상황에서 한성은 몸을 비틀었다.

머리부터 쳐 박히던 한성의 몸은 어깨부터 떨어지며 이내 몇 바퀴 구른 후 곧바로 몸을 일으켰다.

한쪽 어깨가 으스러진 상황에서 한성은 디케이를 바라보았다.

디케이는 목에 단검이 박혀 있는 상황이었는데 다급하게 부하들을 향해 손짓을 하고 있었다.

"저, 정수! 정수!"

탁한 목소리가 울려 퍼지는 가운데 디케이의 손짓에 부하들은 재빨리 정수를 퍼붓기 시작했다.

디케이의 몸 위로 비가 쏟아 내리듯이 중급 정수가 쏟아져 오기 시작했다.

좌아아아! 좌아아!

목덜미에 난 거대한 상처에서 김이 피어오르기 시작했다.

순간적으로 흘러내리던 피는 멈추기 시작했고 당장이라도 쓰러질 것 같았던 디케이의 몸은 서서히 균형을 잡기 시작했다.

부하들은 아직까지도 정수를 쏟아 붓고 있었고 디케이는 한 손으로 목에 박혀 있는 단검을 뽑아내 버렸다.

대노한 디케이의 괴성이 귀를 찢었다.

"이노옴!"

분노를 넘어서 이성을 잃은 상황이었다.

'진짜 끝났군.'

백호는 돌아갈 준비를 했다.

저렙의 플레이어라고는 믿을 수 없는 실력을 보여 주었지만 레벨의 차이를 극복하지 못했다. 결정적으로 디케이에게는 회복의 정수를 가지고 있는 부하들이 있었고 이제 더 이상 한성에게 희망은 없었다.

그때였다.

돌아가려 움직이고 있던 백호의 발걸음이 멈추었다.

쓰러져 있을 줄 알았던 한성이 어느새 몸을 일으키고 있었다.

"으음?"

무기하나 들지 않고 있는 상황이었는데 한성은 제 자리에 일어난 채로 싸울 준비를 하고 있었다.

백호의 시선이 한성의 처진 한쪽 어깨로 향했다.

'어깨는 죽었지만 투지는 죽지 않았군. 하지만 투지만으로 이길 수 없다는 것은 알고 있을 텐데?'

한쪽 어깨가 탈구가 된 한성은 왼쪽 팔은 들어 올리지 못하고 있었다.

무기도 없이 한쪽 주먹만이 초라하게 디케이를 향해 겨누어지고 있었다.

디케이는 성큼 앞으로 나서며 부하들을 향해 외쳤다.

"건드리지 마! 저 놈은 내가 최대한 잔인하고 고통 받으며 죽게 만들 테니까!"

이마에서 흘러내리는 피의 냄새가 전해져 오는 가운데 디케이의 분노가 전해져 오는 순간 이었다.

한성의 시선에 백호가 보였다.

지금 까지 한성은 백호가 나타난 것을 전혀 눈치 채지 못하고 있었다.

원래 과거 경호원 그룹은 이날 전혀 모습을 드러내지 않았었다.

다만 한성이 지난밤에 이들을 방문한 탓인지 자신의 기억과는 다르게 백호와 두 명의 경호원들이 보이고 있었다.

경호원들의 모습이 스쳐지나가는 순간 디케이는 달려오기 시작했다.

"죽어랏!"

쿵! 쿵! 쿵! 쿵! 쿵!

지진이 일어난 듯이 땅의 흔들림이 울려왔다.

디케이는 육중한 몸을 움직이며 최후의 일격을 날리기 위해 달려오고 있었다.

최후가 다가오고 있었지만 여전히 한성의 시선은 백호에게 향하고 있었다.

백호는 한성과 눈을 마주쳤지만 시선은 담담했다.

'미안하지만 도와줄 수는 없다.'

전혀 도와줄 생각 없다는 듯이 팔짱을 끼고 있는 백호를 향해 한성은 마지막 수를 던졌다.

"이대로라면 백호 길드는 먹혀 버린다!"

절규에 가까운 한성의 외침이 울려 퍼지는 순간이었다.

"으음?"

냉정함을 잃지 않았던 백호의 얼굴에 큰 변화가 생겼다.

한성의 외침은 백호를 끌어당기게 했다.

반드시 확인해야 할 것이 있다는 듯이 백호는 재빨리 자신의 검을 한성을 향해 집어 던졌다.

백호의 검은 빨려 들어가듯이 한성의 손 안으로 들어왔다.

한성은 백호가 던져 준 검을 잡아 올렸다.

손에 촉감은 자신이 기억하는 그대로였다.

주인을 알아 본다는 듯이 백호의 검은 그대로 흰 검날을 드러냈다.

"오옷?"

갑작스럽게 한성의 손에 검이 들려지자 달려오고 있던 디케이 역시 당황함을 감추지 못했다.

"우워엇!"

질주하듯이 달려오고 있던 디케이는 급하게 멈추어 섰다.

곧바로 한성과 디케이 모두 똑같은 스킬이 발산 되었다.

'속공!'

한성은 앞으로 그리고 디케이는 거리를 벌기 위해 뒤로 물러섰다.

한성은 두 손으로 붙잡은 검을 찔러 들어갔으나 뒤로 물러서는 디케이의 속도가 더 빨랐다.

'거리가 짧아!'

한성은 검을 내밀고 있었지만 디케이는 이미 검의 거리를 훨씬 더 넘어 뒤로 물러서고 있었다.

속공의 차이는 결코 검을 든 것 만으로는 극복할 수 없었다.

"죽어라!"

검의 사정거리를 벗어난 디케이가 사슬을 집어 던지려는 순간이었다.

한성은 내밀고 있던 검에 온 정신을 집중시켰다.

'확장!'

한성이 검의 스킬을 마음속으로 외치는 순간이었다.

최아아아악!

순간적으로 백호의 검은 사방으로 늘어나기 시작했다.

일 미터 크기의 검날은 순식간에 무려 4미터 가까운 크기로 커져 버렸고 두꺼운 검날은 그대로 디케이의 복부를 파고들었다.

검이 박히는 소리는 생생하게 울려 퍼졌다.

푸우우욱!

검이 디케이의 복부를 뚫고 들어가는 순간 경호원들은 물론이고 백호까지도 놀란 표정을 감추지 못했다.

'저 놈이!'

자신의 검에 확장 스킬이 있다는 것은 경호원들조차 알지 못하고 있는 사실이었는데 한성은 익숙한 듯이 확장 스킬을 뿜어내고 있었다.

증폭이라는 스킬을 사용할 수 없었음에도 검의 위력은 증폭과는 비교할 수 없을 정도로 압도적인 위력을 뿜어내고 있었다.

복부에 커다란 구멍을 냈지만 디케이의 숨이 붙어 있다는 신음소리가 들려왔다.

"크어어억!"

한성의 레벨이 부족한 탓에 검은 완벽한 위력을 발휘하지는 못했다.

"이이이익!"

한성은 자신의 체중을 실어 검을 밀고 있었지만 검은 벽에 막힌 듯이 더 이상 앞으로 나가지 못하고 있었다.

지금 디케이는 자신의 몸을 뚫은 검을 두 손으로 붙잡고 있었다.

검날을 붙잡은 디케이의 손에서 피가 흘러 내리고 있었지만 디케이는 힘으로 자신의 몸을 파고드는 검날을 붙잡고 있었다.

검은 피부를 꿰뚫기는 했지만 아직 관통하지는 못하고 있었다.

'힘으로 밀 수는 없다!'

디케이의 손은 검을 붙잡고 있었고 자신의 힘으로는 디케이의 힘을 능가할 수 없다고 생각한 한성은 체중을 실으며 검의 손잡이를 바닥으로 눌렀다.

검을 붙잡은 디케이의 손이 찢어지며 복부의 상처가 벌어지기 시작했다.

"캬아아앗!"

한성의 체중이 실린 검은 검날을 하늘로 향하게 했다.

지렛대의 원리처럼 디케이의 몸은 서서히 들려지고 있었다.

검날이 디케이의 몸을 들어 올리는 순간 디케이는 다급하게 외쳤다.

"정수! 정수!"

다급하게 외치는 디케이의 외침에 정수를 들고 있던 늑대인간들이 달려오기 시작했다.

그때였다.

백호가 외쳤다.

"쓸어!"

퉁! 퉁! 퉁!

크로스 보우의 묵직한 소리가 울려 퍼졌다.

촤아앗! 촤아앗!

한쪽에서 겨냥하고 있던 크로스 보우의 마나는 가차 없이 정수를 들고 뛰어오던 늑대인간의 머리를 날려 버리고 있었다.

"으어어엇!"

동료들이 죽어가는 모습에 놀란 늑대인간들이 멈칫 거리는 순간 눈 앞에서 빛줄기가 번쩍였다.

촤아아앗!

대장의 말은 절대적이라는 듯이 경호원들의 검에서 스킬이 뿜어져 나가기 시작했다.

부대장 이성욱의 검과 정윤호의 낫이 남아 있던 늑대인간의 몸을 산산조각 내며 부셔 버렸다.

"허억!"

자신의 부하들이 죽는 광경에 디케이의 눈이 커지는 순간 이었다.

한성의 외침이 울려 퍼졌다.

"지옥으로 꺼져라!"

몸에 거대한 검날이 꽂혀 있는 가운데 한성은 확인 사살을 하겠다는 듯이 검날을 들어 올렸다.

검의 폭발력은 디케이의 육중한 몸을 들어 올리고 있었다.

"으아아아앗!"

기합 소리와 동시에 디케이의 육중한 몸은 검에 들린 채 하늘로 들려졌다.

중력의 끌어당김은 디케이의 몸을 검에 더욱더 깊숙하게 파고들게 하고 있었고 한성이 들고 있는 검에서 빛이 뿜어 나오며 디케이의 몸을 갈랐다.

촤아아아앗!

"으아아아악!"

하늘로 솟구친 디케이의 몸은 빛과 함께 그대로 갈라지며 몬스터가 죽을 때처럼 하늘에서는 수백 개의 에너지바와 G 포인트가 비처럼 쏟아져 내리고 있었다.

[레벨업! 레벨업! 레벨 23 달성!]

단번에 몇개의 레벨을 뛰어 넘었지만 한성에게 들려오지 않았다.

자신의 레벨에 감안해 낼 수 없는 무기를 사용한 체력의 소모와 디케이에게 입은 상처는 순식간에 한성의 체력을 앗아가 버렸다.

기계음이 들려오는 것을 끝으로 한성은 검을 놓치며 그대로 쓰러져 버렸다.

쓰러지는 순간 자신을 안쓰럽게 보고 있는 여인의 눈빛이 보였다.

여인의 눈을 마지막으로 보는 순간 주변이 모두 다 어둠으로 바뀌며 한성은 눈을 감았다.

'바꾸었다!'

기적이 일어났다.

NEO MODERN FANTASY STORY

**11. 희망의 빛.**

회귀의 절대자

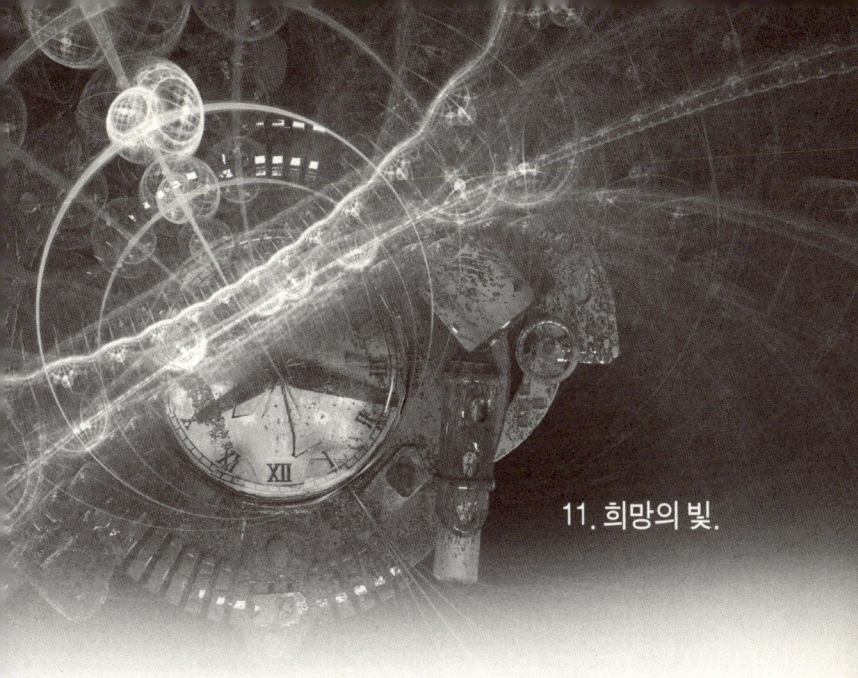

## 11. 희망의 빛.

세상이 바뀐 후.

인류는 크게 두 부류로 나뉘었다.

지배하는 자와 지배 당하는 자.

절대자의 개 노릇을 하며 세상을 관리하는 자들.

인간 이면서도 NPC가 되기를 택한 자들.

자신처럼 절대자에게 대항을 하기로 마음먹은 자들.

그리고 배신자들.

꿈.

한성은 또 다시 꿈을 꾸고 있었다.

꿈이라는 사실을 인지하고 있었지만 손에는 아직까지 디케이의 몸을 관통시켜 버린 감촉이 남아 있었다.

멀리 앞에서 거대한 그림자가 보이고 있었다.

절대자.

자신이 비참한 최후를 맞이하였을 때 자신을 바라보는 것 같았던 절대자의 그림자가 보이고 있었다.

꿈이라는 것을 알고 있었지만 한성은 외쳤다.

'나는 틀리지 않았다!'

자신의 선택이 틀리지 않았다는 사실 만큼은 또렷하게 기억하고 있었다.

그림자에게서는 아무런 대답도 들려오지 않고 있었는데 아주 옅게 만족한다는 듯 한 절대자의 미소가 보이는 것 같았다.

절대자가 보여 주려는 것일까?

곧바로 주변 환경이 바뀌었다.

처참하게 쓰러져 죽어 있는 자신의 시체를 바라보고 있는 배신자들의 모습이 하나 둘 씩 보이고 있었다.

부귀를 누리며 천수를 누리고 있는 배신자들.

자신이 죽은 다음의 세상을 보여 준다는 듯이 꿈은 생생하게 절대자에게 순종하는 인류들을 보여주고 있었다.

약간의 혼동이 있었을 뿐 반란은 제압되어졌고 세상은 다시 아무 일도 없던 것처럼 돌아가고 있었다.

너 하나 없다고 해도 세상은 바뀔 것이 없다고.

세상의 평화를 위해서는 절재자의 독재가 필요악이라고.

그렇게 절대자는 말하고 있는 것 같았다.

절대자에게 대항을 한 자들이 있다는 건 사람들의 기억 속에서 사라져 갔고 이미 복종에 길들여진 인류는 자신들의 운명을 담담히 받아들이고 있었다.

세상은 평온 그대로의 모습으로 행복함이 가득 묻어나고 있었다.

절대자가 비웃는 모습이 보이는 것 같았다.

한성은 눈을 떴다.

아직 충격 탓인지 눈 앞이 흐릿하게 보이고 있었다.

백호의 목소리가 들려왔다.

"일단 정수로 치료는 했네. 큰 문제는 없을 것으로 보이네."

곧이어 누군가 정수를 내밀었다.

"하급 이기는 하지만 드시는 게 좋을 겁니다. 어깨는 조금 시간이 걸리겠지만."

한성은 정수를 들이켰다.

점점 더 시야가 맑아지며 눈 앞에서 경호원 그룹의 몇몇 이들이 보이고 있었다.

경호원들이 자신을 바라보고 있었는데 하나 같이 얼굴에는 놀란 기색이 역력했다.

자신들 보다 낮은 저렙 주제에 무기 도구까지 제대로

갖추지 않고 있었다. 그런 상황에서 디케이를 제압했다는 것도 놀랄 일이었지만 그 보다 더 놀란 것은 자신의 대장이 검을 빌려 주었고 한성은 경호원 그 누구도 알지 못하고 있었던 검의 확장 스킬 까지 알고 있었다.

백호가 자신의 검을 보이며 말했다.

"검을 귀속시키지 않았다는 사실 뿐만 아니라 까지 확장 스킬이 있다는 것 까지 알고 있었다. 이 사실을 알고 있는 자는 극소수 뿐인데 갈수록 놀랍군."

백호는 감탄했다는 듯이 말하고 있었는데 곧바로 한쪽에서 적대적인 시선이 쏘아져 왔다.

부대장 이성욱이 취조하듯이 물었다.

"너, 각성자 아카데미 출신이지."

각성자 아카데미.

인류가 각성자 시험을 거치지 않고 유일하게 각성할 수 있는 방법.

각성자들로 살 수 있는 생존 스킬과 스킬북에 관련된 사항을 배울 수 있는 일종의 절대자가 설립한 학교이었다.

주로 경찰이나 특수직 같은 지역구를 담당하는 공무원을 양성하는 존재 이었는데 일단 졸업을 한다면 미래가 보장되어 있는 탓에 그 경쟁은 치열했다.

다만 큰 문제가 있었는데 일단 생존도에 선출된 인원처럼 선출된 인원들만 가능했고 그 중 끝까지 졸업하는 자의 숫자 역시 극소수 였다.

그 이유는 졸업 전에 지상에 있는 던전에서 출현하는 몬스터들과 실전으로 겨루어야 했는데 죽어나가는 자들이 너무나 많았다.

어렵게 일차 관문을 통과한다 하더라도 40이후의 레벨부터는 천상계로 보내어 졌는데 그 곳의 몬스터들은 지상계에 있는 던전과는 차원이 다른 몬스터들 이었다.

각성자 아카데미는 9개의 등급으로 나뉘었는데 대 부분 9급에서 탈락을 했고 4급 이상이면 각 지역구의 높은 지위에 오를 수 있었다.

2급 까지 올렸을 경우 마승지 처럼 사도 라는 칭호를 받게 되었고 1급이 명예 사도로 퇴임을 하는 자들이었다.

물론 한성은 각성자 아카데미 근처에도 가 본 적 없었지만 이들은 한성이 각성자 아카데미에서 교육을 받았다고 짐작하고 있었다.

이미 이들은 스스로 답을 내놓고 있었다.

이성욱이 다시 한 번 확인하겠다는 듯이 물었다.

"각성자 아카데미에서 훈련을 받았고 스킬북을 가지고 들어왔지?"

각성자가 아닌 이상 스킬을 익힐 수는 없었지만 스킬북을 휴대하는 것은 가능했다.

"속공과 증폭 스킬북은 상당히 비싼 스킬북인데 상당히 돈이 많나 보군. 아니면 전 재산 털어서 모든 것을 건 건가?"

생각할 수 있는 유일한 방법은 밖에서부터 스킬북을 가지고 들어왔다는 생각 밖에 할 수 없었다.

이들이 잘못 판단하고 있었지만 오히려 한성에게 다행이었다.

어떤 변명을 해야 할지 고민이었는데 이들이 스스로 답을 내어 주니 한성으로서는 반가운 일이 아닐 수 없었다.

한성은 아무런 말도 하지 않고 있었다.

침묵하고 있는 한성에게 백호의 말이 이어졌다.

"속공과 증폭 스킬을 가지고 있다. 이건 아무리 생각해도 외부로부터 스킬 북을 가지고 들어온 자가 분명해. 그렇지 않고는 설명할 수 없지."

이제 한성에 대한 궁금증은 없어 보인 듯 이성욱은 불안한 눈길을 보내며 백호에게 말했다.

"이제 어쩌시렵니까? 직접적으로 디케이를 죽인 것은 아니지만 간접적으로라도 도움을 주었으니 불똥이 튈 지도 모르겠는데요."

의외로 백호의 반응은 담담했다.

"뇌물 좀 밀어 넣어주면 괜찮을 거다. 어차피 HNPC 따위는 9급 관리인 보다도 낮은 위치야. 그런 놈 하나 죽었다고 해서 보고나 제대로 갈 것 같은가?"

백호의 답에도 불구하고 여전히 불만이 쏟아졌다.

"아. 가뜩이나 돈이 궁한데 왜 그런 짓을 하신 겁니까?"

"이러다가는 길드 만들기도 전에 파산할 지도 몰라요."

백호는 손을 들어 보였다.

"잠시 이 자와 둘이서 얘기를 나누고 싶군. 모두 비켜 주게나."

백호의 말에 경호원들은 더 이상 아무런 말도 하지 않고 물러섰다.

한성과 단 둘이 방안에 있게 되자 백호가 말했다.

"뭐. 사실 검을 빌려 준 건 자네에게서 투지를 보았기 때문이야. 죽음을 무릅쓰고 약자들을 구해주는 자네의 마음에 감동해서……."

예상보다 훨씬 더 일이 잘 풀리고 있었다.

백호는 한성에게 호감을 가지고 있는 듯 했고 이런 상황이면 더욱더 쉽게 풀어나갈 수 있을 것 같았다.

한성의 긴장이 풀리는 순간 이었다.

백호가 날카롭게 물었다.

"……라고 말하면 믿을 텐가?"

날카롭게 노려본 백호가 말했다.

"난 전혀 감상적이지 않은 사람이네. 자네나 플레이어의 목숨보다 더 중요한 것이 내 고객들과 부하들의 목숨이다."

잠시 말을 멈춘 백호가 말을 이었다.

"다 좋다고 쳐. 각성자 아카데미 출신이고 무기의 명인으로부터 내 검에 대한 비밀을 알았고 밖에서 부터 속공과 증폭 스킬을 가져왔다 치자. 허나 풀리지 않는 의문이 있다."

한성이 긴장하고 있는 순간 백호가 날카롭게 물었다.

"분명 백호 길드가 먹힌다고 했다. 그게 어떤 의미지?"

"······."

당황함에 외치기는 했지만 이들은 아직까지 길드라는 것 자체를 설립하지 않은 상황이었다.

백호가 말을 이었다.

"백호라는 길드명은 내가 마음속으로만 생각했던 이름이다. 단 한 번도 입 밖에 낸 적이 없는데 알 수 없군. 이걸 우연이라고 말할 수 있을까?"

이 부분에서 한성은 고민했다.

적어도 백호라는 자는 신용은 있는 자였다.

하지만 백호에게 회귀 스킬을 사용했다고 말한다는 것은 너무나도 큰 위험을 감당해야 하는 일이었다.

생존도에 나가서 자신이 일정 수준에 오르기 전까지는 아무에게도 이 사실을 밝힐 수 없었다.

"······."

아무 말도 하지 않고 침묵하고 있는 한성에게 백호가 말했다.

"말을 아끼려는 것 같군. 뭐 하긴 자네가 거짓말을 한다 하더라도 내가 알 수 있는 방법은 없으니 할 말은 없네만."

한성이 답했다.

"생존도를 나가서 만나게 된다면 모든 것을 말씀드리겠습니다."

어찌 된 일인지 머릿속에서는 자신과 함께 절대자를 향해 돌격하는 백호의 모습이 그려지고 있었다.

❖

백호와 걷고 있던 한성은 발걸음을 멈추었다.

온 몸에 수십 아니 수백개의 죽창이 꽂혀 죽어 있는 유상의 시체가 보이고 있었다.

디케이가 죽은 후 플레이어들이 제일 먼저 심판을 한 자는 유상 이었다.

변명도 살려달라는 애원도 플레이어들에게는 통하지 않았다.

유상과 디케이에게 붙었던 플레이어들은 하나 같이 참혹하게 살해 되어 있었다.

죽창에 잔인하게 찔려 있는 유상을 보며 한성은 생각했다.

'바뀌었다.'

원래대로 라면 유상은 끝까지 살아남았었다.

디케이가 죽었음에도 유상은 와이너즈에게 붙었고 결국 끝까지 살아남은 몇 안 되는 플레이어였는데 그의 운명은 자신의 회귀로 인해 이곳에서 끝나 버렸다.

과거와는 다른 자신의 행동 탓에 죽지 않았어야 할 사람이 죽었고 죽어야 할 사람이 죽지 않게 되었다.

물론 악을 행한 자가 죽게 되었으니 미안한 마음 따위야 전혀 없었지만 지금의 작은 변화는 나비 효과를 일으켜 분명 다른 변화를 가져올 것이 분명했다.

앞으로 자신이 어떤 행동을 한다 하더라도 그건 분명 또 다른 변화를 가져오게 되었고 그 상황이 좋은 쪽이 될지 안 좋은 쪽이 될지는 알지 못했다.

아직까지 분이 풀리지 않은 듯이 몇몇 플레이어들은 죽은 시체를 향해 죽창을 찔러 넣고 있었는데 하나 같이 눈에는 증오의 빛이 가득했다.

광기 서린 모습을 보며 백호가 중얼거렸다.

"어쩌면 생존도의 목적은 모두를 미치게 하는 게 아닌지 모르겠네. 절대자가 만든 세상에 대항하는 자들이 나왔다는 것이 소문만은 아닐지도."

지금 까지는 절대자에게 감히 대항을 한다는 생각 자체를 가지고 못한 시기였는데 저항군 또는 혁명군이라는 명칭으로 절대자에게 대항하는 그룹이 생겼다는 소문이 돌고는 있었다.

지금이야 소문으로만 돌고 있었지만 이건 사실 이었으며 전 세계에서 소규모로 활동하는 이들은 훗날 거대한 길드를 형성해 절대자에 대항하게 되었다.

훗날 백호 역시 저항군에 가담하게 되고 자신 역시 저항군의 리더가 되어 절대자와의 최후의 싸움에서 죽고 말았다.

"절대자가 만든 세상이 옳다고 말하는 자들도 있어. 이런 생 지옥을 만들기는 했지만 전 세계에 전쟁이 없는 세상을 만들고 억울하게 죽어가는 사람들의 숫자도 훨씬 더 줄어가니까 말이야."

생존도로 상당수의 사람들이 희생되고 던전과 천상계의 전쟁으로 플레이어들이 죽어가고 있기는 했지만 실제 숫자를 비교해 보면 과거 전 세계에서 전쟁과 기아로 죽은 사람들의 숫자에 비해 훨씬 더 적었다.

한탄조로 말하던 백호가 말했다.

"우리는 곧 떠난다."

이미 알고 있는 사실이었다.

한성은 담담하게 바라보았다.

자신이 한 행동으로 유상은 죽었지만 백호가 이끄는 그룹이 떠나간다는 사실은 바뀌지 않았다.

백호가 말했다.

"사실 우리 말고도 다른 경호원 그룹이 있다네. 모두 각기 다른 세이프 존으로 흩어져 버렸는데 처음부터 세이프 존 B에서 만나기로 하였다네. 우리는 일주일 후에 떠날 생각이네."

이것 역시 한성이 알고 있는 사실 이었다.

이들 말고 다른 경호원 그룹이 있었는데 그들은 세이프 존 B 지점에서 전원 만나게 되었다.

세이프 존 B의 보스 역시 문제가 있기는 했지만 적어도

90일이 지날 시점 까지는 네 곳 중 가장 안전한 장소였다.

백호가 말했다.

"다른 부하들에게 말하지는 않았지만 자네는 불안해. 자네가 불안하다는 의미가 아니라 자네로 인해 큰 불행이 우리에게 떨어질 것 같군. 기분 나쁠지 모르겠지만 생존도에서 만큼은 더 이상은 자네와 엮이지 않는 것이 좋을 것 같네."

백호의 직감이 틀렸다고는 말할 수 없었다.

경호원 몇몇이 죽기는 하지만 원래대로라면 백호는 생존도에서 무사히 생존하고 고객들을 인도하고 거액의 금액을 받았었다.

자신의 행동으로 인한 나비 효과가 이들에게 좋은 쪽으로 흐를지 나쁜 쪽으로 흐를지는 아직 알 수 없는 일이었다.

한성이 물었다.

"이곳에 계시는 일주일간이라도 플레이어들을 도와 주실 수는 없겠습니까?"

일주일이라는 시간이 많지는 않았지만 경호원들의 도움이 있다면 적어도 일주일간 플레이어들의 레벨을 상향시키고 싸우는 기술을 익히게 할 수는 있었다.

"나는 원래 계획대로 행동하는 사람인지라. 지금 까지 한 것도 너무나 많이 가야할 길을 빗겨간 걸세."

백호가 거부할 거라는 사실은 어느 정도 예측하고 있었다.

하지만 적어도 플레이어들이 저 레벨을 벗어날 때 까지만 이라도 한성은 이들의 도움이 필요했다.

한성이 말했다.

"만일 일주일간 플레이어들을 도와주신다면 한 가지 정보를 드리겠습니다. 큰 도움이 될 것이니 손해는 아닐 겁니다."

잠시 생각하고 있던 백호가 답했다.

"고객의 안전에 방해가 되지만 않는다면 협조해 주겠네. 단 이건 나 혼자 해결할 수 있는 문제가 아니기 때문에 다른 대원들의 의견 역시 받아들여야 하네."

아직 백호가 확답을 하지는 않았지만 한성은 먼저 말했다.

"생존도에서 나가신 후 가지고 계신 강화석은 모조리 파시고 유니크 강화석으로 옮기십시오."

생존도나 지상계에서는 얻을 수 없었지만 천상계에서는 강화석을 얻을 수 있었다.

강화석은 일종의 무기를 강화하기 위한 아이템 이었는데 가지고 있는 무기를 더욱더 강하게 할 수 있는 유일한 방법 이었다.

몬스터들에게 총이나 미사일이 통하지 않는 상황에서 자신이 가지고 있는 무기를 더욱더 강하게 하는 방법은 강화석밖에 없었던 탓에 그 가격은 상당히 높았다.

애초부터 강화석이라는 존재가 공급보다 수요가 훨씬 더 많았으니 경매장에서 거래되는 가격은 상당히 비쌌다.

그냥 강화석만 하더라도 상당히 비쌌는데 유니크 강화석이라는 것은 아직 제대로 풀리고 있지 조차 않은 강화석이었다.

무기를 강화 하지 않는다 하더라도 투자의 목적으로 사람들은 강화석을 구입하곤 했는데 백호 역시 상당 숫자의 강화석을 보유하고 있었다.

백호가 놀란 듯이 말했다.

"유니크 강화석이 풀린다는 말인가? 천상계에 가 본적 있는 나 역시도 유니크 강화석은 본적이 없을 정도로 귀한데 그런 일이 벌어질 수 있는가?"

한성은 미래를 본다는 듯이 확신에 찬 목소리로 말했다.

"일 년 내로 강화석 가격은 폭락할 겁니다. 가지고 계시면 손해시니 모두 처분하시는 것이 좋을 겁니다."

잠시 듣고만 있던 백호가 답했다.

"자네를 몰랐다면 그냥 미친 소리라고 치부했을 테지만 생각해 보도록 하지."

백호가 돌아간 후 한성은 생각해 보았다.

'일단 산 하나는 넘었다. 디케이가 사라진 지금 당분간은 위험은 없다. 허나 앞으로 생존도에 있어야 할 날은 90일이 넘는다.'

한성이 앞으로의 계획을 생각하고 있던 그 때였다.

한 무리의 사람들이 한성의 앞으로 다가왔다.

남녀노소 가릴 것 없이 모여든 사람들은 이내 수백 명의 숫자가 되었는데 대표로 보이는 자가 앞으로 나오며 말했다.

"우리를 부탁드립니다."

남녀노소 할 것 없이 수많은 사람들이 한성의 앞으로 사람들이 모여 들었다.

대표로 보이는 자가 한성의 앞으로 다가와 말했다.

"디케이에게 겁을 먹고 도와드리지 못했습니다. 정말 죄송합니다. 받아주신다면 목숨을 바쳐 행동할 것을 맹세합니다."

"받아주십시오!"

"살려주세요!"

디케이가 쓰러진 후 모든 플레이어들의 시선은 한성에게 향했다.

생존도에 온 뉴비라는게 믿어지지 않을 정도로 한성의 실력은 대단했고 이제 플레이어들이 살 수 있는 유일한 길은 한성에게 의존하는 방법 밖에 없다는 생각 이었다.

'일이 커졌군.'

사실 이들의 진심은 다가오지 않고 있었다.

자신이 홀로 디케이에게 대항했을 때 이 들중 그 누구도 자신과 함께 한 자는 없었다.

당장이라도 또 다른 디케이가 나타난다면 이들 역시 유상처럼 태도가 바뀔 것이란 사실은 알고 있었다.

다만 이들을 버리고 싶지는 않았다.

"리더가 될 수는 없습니다. 다만 여러분들이 살 수 있는 최선의 방법은 가르쳐 드리지요. 우리 모두 함께 삽시다!"

불가능 할 거라 생각한 디케이 역시 넘어 섰다.

디케이를 넘어선 추진력은 한성의 마음을 더욱더 자신 있게 하고 있었다.

사람들의 입에는 웃음이 퍼지고 있었고 모두가 만세를 외치며 환호하고 있었다.

생존도라는 지옥에서 희망의 불꽃이 솟구치고 있었다.

NEO MODERN FANTASY STORY

## 12. 플레이어 VS 관리자.

## 12. 플레이어 VS 관리자.

다음날.

디케이가 죽었지만 몬스터의 습격은 끊이지 않고 있었다.

"옵니다!"

"리자드맨! 베어맨! 등장!"

베어맨 보다 조금 더 지능이 높은 리자드맨이 가세하자 몬스터의 위력은 더욱더 강해졌다.

호랑이 없는 곳에서 늑대가 왕이란 말처럼 지금 세이프 존 A에서 가장 위에 있는 자는 초등학생 관리자였다.

디케이가 죽었음에도 불구하고 오히려 초등학생 관리자는 신이 난 듯 했다.

[킥킥킥! 이제 몬스터의 공격은 1시간으로 늘었습니다. Have Fun~]

조롱조로 들려오는 기계음은 들려오지도 않았다.

단순히 일직선으로 달려오는 베어맨과는 다르게 리자드맨은 무기를 던질 줄 알았다.

휙! 휙! 휙!

머리 위로 창들이 날아오는 가운데 미리 대기하고 있던 한성은 최대한 방어에 주력했다.

퉁! 퉁! 퉁!

성채 위에 있는 플레이어들을 향해 창들이 쏟아져 오고 있었지만 이미 방패를 위로 하며 숨어 있는 플레이어들의 몸에 닿지는 못하고 있었다.

리자드맨의 출현은 처음이었지만 한성은 리자드맨의 특성을 미리 알고 있었다.

미리 만들어 놓은 성채위의 방어선은 리자드맨의 창을 막아내기에 충분했고 창던지기 스킬이 통하지 않자 리자드맨은 곧바로 창을 들고 달려오기 시작했다.

"지금!"

리자드맨의 공격이 끝난 직후 한성의 지시가 떨어졌다.

플레이어들은 NPC에게서 구입한 투석기를 작동시키기 시작했다.

웅! 웅! 웅!

투석기에서는 돌멩이들이 대포처럼 포물선을 그리며 날아가기 시작했다.

디케이를 죽인 탓에 디케이가 보유하고 있던 거액의 G포인트는 한성의 소유가 되었고 한성은 자신의 모든 G포인트를 NPC 에게서 무기를 구입하는 데에 집중시켰다.

아직 플레이어들의 레벨이 낮은 탓에 무기를 사주는 것보다는 레벨과 상관없이 큰 위력을 발휘 할 수 있는 무기를 골랐고 그 선택은 바로 투석기였다.

쾅! 쾅! 쾅!

투석기에서 떠나간 바위들은 폭탄이 떨어지 듯이 몬스터 위로 떨어지고 있었고 투석기로 제압한 몬스터들의 경험치 역시 플레이어들에게 골고루 나누어지고 있었다.

[레벨업! 레벨업!]

미세하게 나누어 주는 경험치 이었지만 저렙의 플레이어들의 레벨을 올리기에는 충분했다.

레벨업 소리가 울려 퍼지는 것과 비례해서 몬스터의 비명 역시 크게 울려 퍼지고 있었다.

"쿠에에에엑!"

워낙에 비싼 무기인 탓에 세 대 밖에 구입하지 못했지만 비싼 돈의 값어치를 한다는 듯이 투석기에서 쏟아져 온 바위 덩어리는 몬스터의 머리 위로 떨어지며 리자드맨과 베어맨을 짓이기고 있었다.

몬스터들이 쉴새 없이 죽어가는 가운데에서도 몬스터들의 공격은 약해지지 않고 있었다.

마치 인해전술을 쓴다는 듯이 정면으로 달려들고 있는 NPC에게는 두려움이라는 감정이 없었다.

게임 속 NPC처럼 죽어도 죽어도 이들은 미리 준비된 세팅에 의해 플레이어들을 잡기 위해 달려오고 있었다.

투석기의 위력이 크기는 했지만 단 세 개의 투석기를 가지고 수 만의 몬스터를 제압할 수는 없었다.

플레이어의 외침이 울려 퍼졌다.

"성채에 도착했습니다! 근접해서 투석기의 바위가 닿지 않습니다!"

"앗! 성채를 기어오릅니다!"

리자드맨의 지능은 베어맨 보다 높았고 이들은 인간 사다리를 만들 듯이 동료들의 몸 위로 올라가며 성채 위로 오르려 하고 있었다.

플레이어들은 놀라고 있었지만 이것 역시 한성의 예측 범위 안에 있었다.

"지금!"

한성의 신호와 동시에 성채 위에서는 뜨거운 기름이 쏟아져 왔다.

"불을 붙여!"

기름이 쏟아지는 것과 동시에 곧바로 불을 머금은 횃불이 쏟아져 오기 시작했다.

화르르르릇!

불길이 일어나는 것과 동시에 리자드맨의 타는 냄새가 사방으로 퍼지기 시작했다.

"캬오오오오!"

고기 타는 냄새와 함께 고통스러운 리자드맨의 비명이 사방으로 퍼졌다.

리자드맨은 순식간에 도마뱀 구이가 되어 버렸고 한성의 눈이 반짝였다.

"던져!"

휙! 휙! 휙!

위쪽에서 죽창들이 비 내리듯이 쏟아져 오기 시작했다.

쓰레기 등급 무기 이었지만 지금 죽창을 던진 자들은 레벨이 가장 높은 자들 이었고 레벨의 힘을 얻은 죽창은 하나 둘 씩 리자드맨의 몸에 꽂히고 있었다.

"퀘에에엑!"

"퀘에에엑!"

고슴도치를 연상케 할 정도로 수많은 죽창들이 리자드맨의 몸에 꽂히고 있었다.

"꾸에에엑!"

비명이 울려 퍼졌다.

몬스터의 비명은 플레이어들의 사기를 높여주고 있었다.

'전혀 밀리지 않는다!'

단순히 지원된 무기 때문이 아니었다.

디케이라는 공포를 겪은 후 플레이어들의 각오는 달라졌다.

죽음의 입까지 들어갔다 나온 탓인지 플레이어들의 눈에는 독기가 서려 있었고 숨어 있던 여자들과 노약자들 역시 성채 위로 올라가 무기를 던지고 있었다.

한성의 머릿속에는 몬스터의 패턴 뿐만 아니라 앞으로 출현할 몬스터의 존재까지 모두 다 기억되어 있었다.

'살 수 있다!'

플레이어들의 레벨업과 단결된 힘은 생각 보다 더 강하게 저항할 수 있었고 무엇보다 경호원들이 합류하자 그 위력은 현재 출현하는 몬스터를 압도하고 있었다.

몇 되지 않은 리자드맨들이 성채 위로 기어 올라오자 대기하고 있던 경호원들이 중얼거렸다.

"가자고!"

"돈 안 되는 일 해보기는 오랜만이네."

"흐음. 착한 일은 내 취향이 아니지만 대장 명령이니까."

창과 검이 번쩍이기 시작했다.

외부에서 수많은 경험을 하고 들어온 경호원들의 위력은 상상을 초월하고 있었다.

창과 검이 춤을 출 때 마다 성채위로 올라온 리자드맨의 비명소리는 사방으로 퍼지고 있었다.

1시간으로 늘어난 공격 시간은 순식간에 지나가 버렸고

과거에 비해 높아진 난이도에도 불구하고 피해는 훨씬 더 줄어들고 있었다.

[종료까지 10분. 10분 남았습니다.]

한성은 나름 생각하는 것이 있었다.

'경호원들이 떠나는 건 일주일 후. 그때 까지 최대한도로 플레이어들의 레벨을 상향시킨다.'

방어만 생각한다면 성채 안에서 수비만을 하는 것이 맞겠지만 지금 한성이 원하는 것은 자신과 플레이어들의 레벨 업 이었다.

불길이 식고 투석기의 바위도 떨어지자 한성은 외쳤다.

"돌격!"

"우와아아앗!"

굳게 닫고 있던 성채의 문이 열리는 것과 동시에 플레이어들은 뛰쳐 나가기 시작했다.

미리 준비한 것처럼 세명에서 한 조를 이룬 플레이어들은 각자의 무기를 내밀며 달려들기 시작했다.

얼핏 보면 전과 다를 바 없이 보였지만 세 명이 들고 있는 무기는 각각 달랐다.

디케이에게서 획득한 것은 단지 G 포인트 뿐만이 아니었다.

쓰레기 등급의 죽창과는 비교할 수 없을 정도로 정교하게 만들어진 창과 도끼 그리고 방패들이 획득 되어졌다.

한성은 자신의 무기 하나만을 제외하고 가장 레벨이 높은 플레이어들에게 모조리 나누어 주었다.

조를 이룬 세 명의 플레이어들 중 선두에 있는 자는 거대 방패를 들고 앞장서고 있었고 뒤쪽에서 창을 든 사내가 창을 찔러 넣어 몬스터를 움직이지 못하게 하면 도끼를 든 자가 결정타를 날렸다.

하급에서 중급까지의 무기들은 죽창과는 다른 위력을 발휘하고 있었다.

"우와! 푹푹 들어간다!"

"이마에 꽂으면 한방이야!"

[레벨업!]

[레벨업!]

난이도 상향에도 불구하고 플레이어들은 오히려 몬스터를 사냥하기 시작했고 수비가 아닌 체계적인 공격이 갖추어지자 부족했던 에너지바 역시 수급을 맞추기 시작했다.

지금까지 플레이어들의 레벨업 속도보다 몬스터의 상향이 더 빨랐지만 지금 상황에서 만큼은 플레이어들이 몬스터 보다 상향되어 있는 상황이었다.

태풍과 같았던 몬스터의 습격은 산들 바람처럼 지나가 버렸다.

오히려 플레이어들의 공격이 폭풍 같았고 종료를 알리는 소리가 들려왔다.

[오늘은 이만. 내일 봅시다.]

초등학생 관리자는 화가 난 듯 했다.

모든 상황을 지켜보고 있다는 듯이 기계음은 복수를 하겠다는 듯이 장난기 섞인 말투는 어느새 굳은 의지가 담긴 말투로 바뀌어 있었다.

성공적으로 수비를 끝낸 한성은 모두에게 말했다.

"획득하신 모든 G 포인트를 모아 주십시오!"

이미 한성이 지휘 하에 따르기로 한 플레이어들은 감추는 것 없이 G 포인트를 쏟아 내었다.

과거 디케이의 관리 하에서는 유상을 비롯한 몇몇 플레이어들이 G 포인트를 쓸어가 버렸기 때문에 G 포인트를 모으고 싶어도 모을 수 없었다.

한성은 디케이와의 싸움을 통해 충분히 믿을 수 있는 신용을 주었다.

한 사람 한 사람 모은 G 포인트는 거액을 만들어 냈고 얼마 지나지 않아 한성의 인벤토리안에는 거액의 G 포인트가 모여 있었다.

에너지바가 수급된 이상 필요한 것은 무기였다.

모두가 보는 앞에서 논을 쓰겠다는 듯이 한성은 한쪽에 마련된 NPC에게 다가갔다.

여러 명의 NPC 중에 한성이 선택한 NPC는 무기를 판매하는 NPC였다.

'지금 가지고 있는 G 포인트 가지고 방어구를 사는 것은 사치다.'

한성이 무기 NPC를 바라보자 화면이 펼쳐지기 시작했다.

[어서 오십시오! 비싼 무기 많이 있습니다. 생존도 밖에서 사면 반 값! 하지만 여러분들이 지금 살기 위해서는 필수품! 아낌 없이 구입해 주세요!]

NPC는 구입할 수 있는 무기들을 보여 주었다.

한성의 뒤에서 수군거리는 소리가 들려왔다.

"와! 저 검은 공격력이 100이 넘어!"

"검 보다는 창이 더 낫지 않을 까?"

"중급 무기도 있네. 저 정도 들면 충분히 싸워 볼만 할 것 같은데?"

대부분의 플레이어들은 공격력에만 집중을 하고 있었는데 정작 한성이 바라보고 있는 것은 크로스 보우였다.

〈생존도 크로스 보우〉

공격력: 35-45

등급: 하급

설명: 생존도 NPC에서 구입할 수 있는 장거리 무기. 마나로 쏘기 때문에 화살 필요 없음. 가성비 갑!

곧 닥쳐올 몬스터들을 생각하면 장거리 무기는 필수였다.

한성은 가지고 있던 모든 G 포인트를 크로스 보우로 교환했다.

가지고 있는 돈을 모두 다 털자 대략 100여개의 크로스 보우를 구입할 수 있었는데 한성이 말했다.

"노약자 분들이나 여자 분들도 사용하실 수 있습니다."

하급 무기이기는 했지만 장거리라는 장점이 있었고 무엇보다 다른 무기처럼 체력이 필요 없었다.

한성은 어느 정도 레벨이 오른 자들을 골라 서둘러 크로스 보우를 훈련 시키기 시작했다.

한쪽에서는 크로스 보우로 플레이어들이 단련하고 있는 사이 다른 한쪽에서 역시 변화가 일어나고 있었다.

지금 까지 텅 비어 있었던 광장에는 저 렙의 플레이어들이 허수아비를 때리고 있었다.

허수아비를 때리고 있는 플레이어들은 현재 전투에 별 도움이 안 되는 자들이 대부분 이었는데 누가 지시를 내리지도 않았음에도 이들은 스스로 허수아비를 치며 레벨을 상승 시키고 있었다.

미세한 경험치가 오르고 있는 것이 중요한 것은 아니었다.

중요한 것은 이들 역시 전투에 참여하겠다는 의지를 보여주는 것이었다.

살수 없을 거라 체념하고 있던 자들 까지 무기를 들어 올리고 있었으니 모두가 살아 돌아갈 수 있는 것이 꿈만 같지는 않아 보였다.

❖

다음날.

어제 플레이어들의 선전에 다소 화가 난 듯한 기계음이 들려왔다.

[흥! 가고일 등장입니다. 1시간 버티면 이김!]

"가고일?"

"가고일이 뭐야?"

아무런 설명도 없이 달랑 몬스터의 이름만을 말해 준 초등학생 관리자는 무언가 깜짝 놀라게 해 줄 비밀 병기를 가지고 왔다는 듯이 말하고 있었다.

"아무런 몬스터도 보이지 않는데?"

처음 들어보는 몬스터의 이름에 플레이어들이 혼란스러워 할 때였다.

한성은 하늘을 바라보며 말했다.

"하늘을 주시하십시오!"

지금 까지 몬스터는 지상에서만 나타났었는데 처음으로 하늘에 검은 물체들이 등장하기 시작했다.

"저, 저게 뭐야?"

"우와! 박쥐 인간이다!"

사람의 몸통에 날개가 달려 있는 몬스터는 하늘에서 떨어지다 시피하며 플레이어들을 향해 내려오고 있었다.

처음 보는 몬스터 그것도 하늘에서 내려오는 몬스터는

더욱더 생소한 몬스터였던 탓에 플레이어들은 당황하고 있었지만 미리 성채 위에서 하늘을 겨누고 있던 플레이어들은 집중의 끈을 놓지 않고 있었다.

한성이 외쳤다.

"사격!"

미리 대기하고 있던 궁수들은 여지없이 크로스 보우의 방아쇠를 당겼다.

퉁! 퉁! 퉁!

마나 빛 줄기들이 하늘을 향해 뿜어나가기 시작했다.

"퀘에에에엑!"

하늘에서는 비명 소리가 울려 퍼지기 시작했다.

가고일의 날개에는 구멍이 나기 시작했고 명색이 새로운 몬스터 이었지만 출현과 동시에 지상으로 떨어지기 시작했다.

백호는 추락하고 있는 가고일을 바라보며 생각했다.

'모르는 자들이 보면 가고일의 강인한 모습과 하늘을 난다는 사실에 당황하는 것이 당연한 거다. 허나 가고일은 외형과는 다르게 약한 몸과 체력이 약점이다. 하늘에서 공격을 한다는 사실이 가장 큰 장점인데 이걸 미리 방비했으니 가고일은 전혀 이점을 누리지 못하는 것이 당연. 허나 처음 보는 몬스터인데 이 사실을 알 수는 없을 텐데. 아니 어떻게 가고일의 출현을 알고 있는가?'

하늘로는 쉴 새 없이 마나의 빛줄기들이 솟구치기 시작

했고 거리가 가까워지자 투석기의 바위 덩어리와 죽창이 가고일의 몸을 향해 쏟아지기 시작했다.

[레벨업! 레벨업!]

가고일은 더 많은 경험치를 주고 있었고 순식간에 전멸을 당해 버렸다.

플레이어들이 얼굴을 볼 수는 없었지만 지금 초등학생 관리자는 놀란 입을 다물지 못하고 있었다.

자신이 기대했던 반응은 이게 아니었다.

생전 처음 보는 몬스터에게 플레이어들은 놀라는 것이 당연했다.

더군다나 하늘에서 내리찍듯이 공격하는 가고일이라면 플레이어들은 큰 혼동을 겪는 것이 일반적 이었는데 어찌 된 일인지 놀란 것은 플레이어가 아니라 자신이었다.

하늘에서는 에너지바와 G 포인트들이 쏟아지며 플레이어들의 인벤토리로 들어가고 있었고

아직 끝나지도 않았지만 중간에 성난 기계음이 들려왔다.

[아이 씨팔놈들! 존내 얍삽하게 하네!]

마치 게임을 즐기고 있던 아이가 화를 내는 듯이 기계음의 목소리는 더욱더 커져가고 있었다.

모두의 시선이 하늘로 향해 있을 때 한성은 지상을 바라보았다.

자신이 마음대로 몬스터를 보낼 수 있다면 지상의 몬스

터까지 보내는 것이 더 유리했지만 어찌된 일인지 하늘과 다르게 지상은 고요함만이 가득했다.

[짜식들아! 죽어라! 죽어라!]

욕설과 함께 몬스터들의 공격은 더욱더 거세어지기 시작했지만 어찌된 일인지 가고일을 제외한 다른 몬스터들은 출현하지 않고 있었다.

이 부분에서 한성은 확신했다.

'역시 몬스터의 출현은 이미 세팅이 되어 있다. 관리자는 몬스터를 컨트롤 할 뿐 새롭게 몬스터를 만들어 내거나 상향 시킬 수 없다.'

처음 보는 몬스터가 출현을 했을 시 다른 몬스터들은 출현하지 않는 규칙이 있다는 듯이 플레이어들에게는 살 수 있는 틈이 있었는데 한성은 이 틈을 놓치지 않고 있었다.

하늘에서 출현하는 몬스터라는 회심의 일격이었지만 결국 가고일들은 플레이어들에게 아이템과 레벨업 만을 선물한 채 아무 이득 없이 종료되고 말았다.

한성은 전투에 참여하고 있는 플레이어들을 향해 말했다.

"모두 모여 주십시오."

플레이어들이 모두 모이자 한성은 무언가를 설명했고 플레이어들의 얼굴에는 놀란 기색이 역력해지고 있었다.

❖

다음날.

어제 가고일만의 습격 뿐만 아니라 리자드맨과 베어맨, 지옥견 까지 지금까지 등장했었던 몬스터들이 총 출동하기 시작했다.

초등학생 관리자는 분노하고 있었다.

[새끼들! 어디 맛 좀 봐라!]

[출현 몬스터 리자드맨, 베어맨, 지옥견, 가고일. 반나절 버티면 승리.]

관리자라는 권한을 가진 자의 분노에 모두가 놀랄 만도 했지만 뜻밖의 일이 벌어졌다.

시작과 동시에 모든 플레이어들은 하늘을 향해 가운데 손가락을 들여 보였다.

[허억!]

얼마나 놀랐는지 초등학생 관리자의 짧은 비명이 울려 퍼졌다.

플레이어들의 당황한 모습과 공포에 질린 모습을 기대하였지만 돌아온 것은 차분한 표정의 플레이어들이 가운데 손가락을 일제히 하늘로 들여 보이는 모습이었다.

남녀노소 할 것 없이 수백 명의 사람들이 일제히 가운데 손가락을 들여 보이는 모습은 관리자로 하여금 당황함을 주기에 충분했다.

상황실에서 지켜보고 있던 초등학생 관리자는 주먹을 내리쳤다.

 자신에게 설설 기어야할 플레이어가 오히려 신과 같은 존재인 자신을 향해 조롱을 하고 있었다.

 마치 관리자를 약 올리겠다는 듯 한 행동에 즉각적인 반응이 돌아왔다.

 [가, 감히 이 벌레 새끼들이 누구한테! 새끼들! 니네 다 죽었어!]

 초등학생 관리자는 흥분한 듯이 말까지 더듬고 있었다.

 한성의 시선은 하늘을 향하고 있었다.

 사실 생존도 지역 중 세이프존에 출몰하는 몬스터들은 관리자의 컨트롤에 의해 움직이는 몬스터들 이었다.

 자신의 기억에 의하면 몬스터들은 바꿀 수 없었지만 관리자의 컨트롤에 따라 몬스터들의 공격은 강약이 달랐다.

 '흥분하면 실수를 하게 되지.'

 몬스터들이 더 몰아치고 있기는 했지만 막아낼 수 있는 상황이었다.

 몬스터늘이 단체로 달려드는 가운데 지뢰가 터지듯이 커다란 폭발음이 울려 퍼졌다.

 파파파앙!

 크로스 보우에 이어 구입한 물품은 덫 이었다.

 구입한 덫이 폭파되고 있었고 몬스터들은 줄줄이 시체가 되어 가고 있었다.

흥분하지 않았으면 병력을 나누어 보냈을 텐데 흥분한 관리자는 단번에 끝내겠다는 듯이 한꺼번에 병력을 집중시켰고 그 피해는 더욱더 커지고 있었다.

❖

파아아아앙! 파아아앙!

죽음에 대한 두려움이 없다는 사실은 NPC의 장점이기는 했지만 단점도 되었다.

눈 앞에 동료가 죽어가고 있었지만 일단 전진하라는 관리자의 명령을 받은 이상 NPC는 무조건 돌격을 하는 수밖에 없었다.

덫이 깔려 있는 상황에서 몬스터의 무조건적인 돌격은 자폭이나 마찬가지였다.

콰과강! 콰과광!

덫의 공격에 몬스터들의 시체가 사방으로 튀고 있었지만 흥분한 초등학생에게 후퇴는 없었다.

[닥공! 닥공!]

닥치고 공격이라는 단순무식한 명령에 NPC 들은 그대로 명령을 따르고 있었는데 이런 상황에서 플레이어들이 밖으로 나갈리는 없었다.

마치 벙커속에서 숨어 있는 듯이 웅크리고 있는 플레이어들이 답답한 듯이 초등학생은 악을 썼다.

[짜식들아! 들고 있는 무기가 아깝다! 정정당당하게 나와서 싸워라!]

초등학생 관리자의 도발에도 플레이어들은 덫과 투석기 그리고 장거리 무기만을 이용한 채 약 올리듯이 성채 안에 숨어서 공격을 하고 있었다.

눈앞의 덫을 NPC 시체로 덮어 버리겠다는 듯이 무식하게 돌격해오는 행동은 플레이어들에게 도움을 주는 일 밖에 되지 않았다.

사방에서는 레벨업을 알리는 빛이 번쩍이고 있었고 반나절 동안 버티어야 하는 미션 이었지만 오히려 몬스터의 소진이 먼저였다.

상황은 이제 뒤집을 수 없었다.

끝도 없이 나타나고 있었던 몬스터의 숫자는 점점 더 줄어들고 있었고 할당된 몬스터는 이내 바닥을 드러냈다.

얼마나 시간이 지났을까?

지금 껏 단 한 번도 들어본 적 없었던 기계음이 울려 퍼졌다.

[몬스터 소진되었습니다.]

"우와아아아아!"

플레이어들은 함성을 내질렀다.

플레이어들의 압승.

반나절이라는 시간이 다 가기도 전에 플레이어들은 관리자를 상대로 승리를 거머쥐었다.

더 이상 단 한 마리의 몬스터도 보이지 않는 가운데 기계음이 들려왔다.

[종료까지 10초 남았습니다.]

10초 남았다는 기계음에 한성이 지시를 내렸다.

"지금!"

한성의 지시에 플레이어들은 하늘을 바라보며 큰 소리로 조롱을 퍼붓기 시작했다.

"푸하하하! 졸라 약해!"

"우하하하! 컨트롤 완전 구려! 그냥 GG 치셈."

"초딩놈. 가서 엄마 젖이나 더 먹고 와라!"

"니 엄마도 너 낳고 미역국 드셨냐? 키득 키득!"

초딩스러운 조롱에 곧바로 초딩스러운 반응이 돌아왔다.

[아이 씨발 새끼들아! 너 이 새끼…….]

[게임 종료.]

계속해서 욕을 퍼부으려 했지만 종료가 된 듯이 더 이상 화난 기계음을 들려오지 않고 있었다.

더 이상 들려오지 않고 있었지만 분노한 감정만큼은 충분히 전해져 오고 있었다.

종료를 알리는 소리와 함께 조롱을 퍼붓고 있던 플레이어들의 얼굴이 싹 변했다.

모두들 말하지 않고 있었지만 얼굴에는 불안한 기색이 역력했다.

한성을 믿고 그가 시키는대로 하기는 했지만 마음속으로는 모두 다 똑같은 생각을 하고 있었다.

플레이어 중 한명이 한성에게 다가와 말했다.

"괜찮은 겁니까? 시키는 대로 하기는 했지만……."

조금 전 까지 하늘을 향해 욕을 퍼 붓고 있었던 플레이어의 얼굴에는 어두운 기색이 역력했다.

승리를 거두기는 했지만 과연 관리자라는 자를 이렇게 건드려서 어떤 보복이 들어올지 몰랐던 탓에 플레이어들은 두려운 마음을 감추지 못하고 있었다.

한성이 차분히 답했다.

"괜찮습니다. 어차피 설설 긴다고 해도 생존의 확률이 높아지지는 않습니다. 이런 쪽이 오히려 더 상대의 실수를 유발할 수 있을지 모릅니다."

플레이어들의 생각대로 관리자를 자극 시켜서 좋을 것이 없었지만 이렇게 하는 데에는 다 이유가 있었다.

관리자는 말 그대로 관리하는 능력만을 가지고 있을 뿐 그 이상의 권력을 가지고 있지는 못했다.

특히나 생존도 총 관리자가 아닌 이렇게 세이프존 하나를 관리하는 관리자는 제일 낮은 급의 관리자 이었다.

과거 디케이의 지배하에서 디케이는 철저하게 관리자를 무시하고 있었고 관리자가 보내는 몬스터중에 디케이 보다 강한 몬스터는 없었다.

이를 통해 한성은 몇 가지 사실을 알고 있었다.

아무리 자신들이 관리자를 조롱한다 하더라도 관리자가 예정에 없던 몬스터를 보낼 수는 없었다.

더군다나 관리자가 플레이어들을 볼 수 있는 것은 몬스터가 출현하는 시간 동안 만이었다.

즉 관리자라 하더라도 몬스터를 보내지 못하는 가운데에서는 플레이어들이 무엇을 하는지 어떤 작전을 짜는 지는 결코 알 수 없었다.

방금 전 전투만 하더라도 욕설과 함께 화난 목소리가 들려오고는 있었지만 예상했던 몬스터 보다 더 강한 몬스터가 등장하지는 못하고 있었다.

만일 관리자가 마음대로 몬스터를 보낼 수 있다면 어제 열 받았을 때부터 더 강한 몬스터를 보냈어야 했는데 몬스터는 예상한 몬스터 그대로 출현하였다.

지금 초등학생 관리자가 누구인지는 몰랐지만 출현하는 몬스터는 이미 정해진 상황이었고 관리자의 권한으로 중간 단계를 건너뛰며 단번에 상위의 몬스터로 갈 수는 없다는 사실은 분명해 보였다.

한성의 예상은 적중했다.

마치 게임을 하 듯이 관리자는 어느 한 곳에서 이곳을 내려다보며 상황에 맞추어 게임 하듯이 몬스터를 보내고 있는 것 이었는데 흥분을 할수록 그 컨트롤이 떨어졌다.

한성이 원했던 것은 플레이어들의 상향과 아이템 수급.

관리자가 보내는 몬스터들은 플레이어들의 수준 보다 높은 수준의 몬스터가 출현했는데 그 차이가 크지는 않았다.

만일 지금처럼 플레이어들의 레벨이 빠르게 상향 된다면 몬스터 보다 플레이어들의 레벨이 더 높아지게 하는 것도 무리는 아니었다.

한성은 더 이상 아무런 기계음도 들려오지 않는 하늘을 응시했다.

눈에 보이지도 않았지만 저 멀리 하늘 위에서 플레이어들을 향해 몬스터를 보내고 있는 자가 흥분된 모습은 보이고 있는 것 같았다.

반나절 후.

[새끼들! 네 놈들 이제 다 죽었어!]

욕설과 함께 몬스터의 공격이 시작되었다.

한성의 심장이 뛰었다.

'흥분했다.'

불과 반나절 동안 초등학생은 냉정함을 되찾지 못했다.

게임을 하 듯이 잡아 죽이던 플레이어들의 반격에 초등학생의 자존심은 무너졌고 지금껏 경험한적 없었던 치욕감이 초등학생의 온 몸을 휘감고 있었다.

냉정을 찾지 못한 공격은 더욱더 형편없었다.

초등학생 관리자가 열을 받을수록 몬스터의 공격 패턴은 더 허술해지고 있었다.

차근차근 작전을 짜듯이 좁혀오는 것이 아닌 탓에 관리자는 실수를 연발했고 갈 곳을 모르겠다는 듯이 우왕좌왕 하는 몬스터들의 모습도 보이고 있었다.

[레벨업! 레벨업!]

한성이 원한 것처럼 플레이어들의 레벨은 빠르게 상향 되었다.

저 레벨일 때가 힘들었지 일정 수준의 레벨만 오른다면 NPC 몬스터 따위는 크게 두려워 할 상대가 아니었다.

순식간에 하루가 지나가 버렸고 초등학생 관리자가 냉정함을 찾을 때는 이미 늦었다.

그 동안 퍼주다 시피 한 탓에 플레이어들의 레벨은 비약적으로 상승하였으며 몬스터의 강함은 플레이어의 강함을 따라잡지 못하게 되었다.

[오늘 하루는 휴식입니다. 내일 부터는 공지 없이 랜덤으로 몬스터가 출현합니다.]

기계음은 바뀌었다.

즉 더 이상 초등학생 같았던 관리자가 아닌 다른 관리자가 임명 되었다는 것을 의미했다.

"승리다!"

"와! 와!"

아직 생존도에서 벗어나지 못하고 있었지만 작은 승리는

희망의 빛을 발산하고 있었다.

관리자가 바뀌었지만 역시 예상처럼 몬스터의 난이도는 올라가지 못하고 있었다.

똑같은 패턴으로 공격해 오는 몬스터의 습격에 플레이어들은 익숙해졌다.

[레벨업! 레벨업!]

이제는 일상처럼 레벨업의 소리가 시도 때도 없이 들려오고 있었다.

플레이어들의 레벨은 어느덧 20을 향하고 있었고 한성의 레벨 역시 33을 돌파한 상황이었다.

모든 플레이어들이 이대로 끝나버리기를 바라고 있었지만 결코 이렇게 끝나지 않을 것이라는 것을 한성은 알고 있었다.

❖

일주일이 지났다.

새롭게 바뀐 관리자는 냉정하게 플레이를 했지만 플레이어들에게 큰 데미지를 주지는 못하고 있었다.

그도 그럴 것이 초등학생 관리자와의 대결에서 플레이어들은 큰 폭으로 레벨을 상향 시켰고 한번 치고 나간 플레이어들의 기세에 몬스터들은 전혀 우위를 점령하지 못하고 있었다.

한성은 세이프존에서 구입할 수 있는 효율적인 무기들을 이미 파악하고 있었고 상황에 맞추어 출현하는 몬스터에 적용을 시켰다.

하루는 덫, 그 다음날은 연막탄, 그 다음날은 불. 이런 식으로 한발 앞서 몬스터들의 약점을 공략했으니 몬스터로서는 당해낼 재간이 없었다.

한성의 리딩과 경호원들의 도움이 더해진 세이프 존은 말 그대로 안전지대가 되어가고 있었다.

그 어느 때보다 플레이어들의 희생이 적었던 일주일은 순식간에 지나가 버렸고 이제 경호원들이 떠날 시간이 다가왔다.

세이프존 B로 가기 위해서는 일단 아티팩트가 있는 곳까지 가야 했다.

한성은 홀로 떠나갈 준비를 하고 있는 경호원들을 바라보고 있었다.

아티팩트 까지 가는 길은 거리가 상당했고 몬스터들도 만만치 않았다.

굳은 표정의 경호원들이 자신의 장비를 점검하고 있는 가운데 백호만이 작별인사를 하겠다는 듯이 홀로 한성의 앞에 서 있었다.

홀로 서 있는 백호의 뒤쪽으로 한성을 힐끔 쳐다보는 경호원들의 시선이 보이고 있었다.

지난 일주일 동안 경호원들 역시 한성의 실력에 놀라고

있었고 직접적으로 말하지는 않았지만 같이 동행했으면 하는 눈빛이 보이고 있었다.

한성이 말했다.

"일주일 동안 도와 주셔서 감사합니다. 덕분에 큰 진전을 이룰 수 있었습니다."

사실 한성의 의도는 백호에게 자신의 실력을 보여 주어 생존도 뿐만 아니라 밖에서 까지 같이 행동할 수 있게 백호에게 신용을 주려는 의도도 있었다.

한성의 의도는 어느 정도 통했다.

한성과 작별인사를 하는 백호가 말했다.

"일주일 동안 놀람의 연속이었네. 마치 생존도의 패턴을 모두 읽는 다는 듯이 대비하는 자네의 모습은 정말 믿기기 힘들군. 허나……."

백호는 끝말을 잇지 못하고 있었다.

한성이 말했다.

"알고 있습니다. 이 상태로는 전원 살 수 없다는 것을요."

사실상 지금까지의 몬스터들은 모두가 마지막 날을 위한 기본 훈련에 불과 했다.

보스 몬스터로부터 희생을 당하지 않는다면 가장 큰 난이도는 교관들과의 전투.

과거 보스 몬스터들의 대결이 모두 다 끝나고 하루 남은 상황에서 생존한 플레이어들은 무려 500명에 가까웠다.

24 시간을 남은 시점에서 보스 몬스터 최후의 승자 와이즈너는 소환되며 섬에서 사라져 버렸고 플레이어들은 살 수 있다는 희망을 가졌었다.

그 희망은 산산조각 나버리게 되었는데 그 이유는 마지막 날 바로 교관들과의 대결이 벌어졌기 때문이었다.

일종의 반전을 노린 듯이 갑작스러운 교관들의 습격은 그 누구도 예측하지 못한 일이었다.

플레이어들과는 비교할 수 없을 정도로 높은 레벨을 가진 상태에서 무기까지 더 상급의 무기 이었으니 플레이어들이 죽는 것은 당연한 일일 지도 몰랐다.

자신이 큰 부상을 입은 것도 교관과의 대결에서였고 마지막 하루를 앞두고 생존도의 살아 있었던 500여명의 플레이어들은 단 하루를 버티지 못하고 거의 대부분 희생을 당하고 말았었다.

과거와는 비교할 수 없을 정도로 플레이어들이 상향을 했다 하더라도 마지막 날 까지 모두 가 살 수 있다는 것은 꿈에서나 가능한 일이었다.

백호가 말했다.

"원래 우리는 자네를 데려가려 할 생각이었네. 하지만 가지 않겠지?"

한성은 고개를 끄덕였다.

"지켜야 할 사람들이 있으니까요."

지금 부터는 과거와 완전히 다른 행보였다.

쉽게 예측할 수 없는 상황이 벌어질 것이 분명했지만 한성의 머릿속에는 계획이 그려지고 있었다.

디케이가 죽은 이상 세이프존 A에서 보스 몬스터는 없었다.

이미 플레이어들은 상향된 상태.

플레이어들의 목적은 생존이었지 아이템이나 스킬 북이 아니었다.

이곳에서 수비 위주로 플레이를 하면서 레벨업을 한다면 꺼림칙한 세이프 존 B의 보스와 만날 일도 없었다.

무엇보다 자신이 있었던 것은 한성은 과거 저항군에 가담하기 이전에 관료직에 올랐는데 그 당시 생존도에 관련된 시뮬레이션을 본 적이 있었다.

두 번 다시 갈 일은 없었다고 생각했지만 생존도에서 워낙에 고생을 한 탓에 한성은 생존도의 시스템에 대해서 꽤 많은 관심을 가졌었다.

진행 과정은 머릿속에 모두 다 담겨 있었다.

전혀 지식이 없는 상황에서 생존도에서 시작을 한다면 당연히 생존 확률이 희박했지만 지금 한성처럼 지식을 갖추고 있다면 걱정해야 할 것은 몬스터가 아닌 세이프 존 보스와 마지막 날의 교관과의 결전뿐이었다.

잠시 말을 멈추었던 한성이 말을 이었다.

"하지만 최후의 한명까지 살리고 싶습니다."

"순진하군. 세상은 그렇게 순진한 곳이 아니라는 사실을 알게 될 걸세."

지금 자신은 20대의 나이 이었지만 사실상 백호 보다도 많은 삶을 살았었다.

백호의 말에 한성은 마음속으로만 대답했다.

'이미 알고 있습니다.'

스스로 내뱉은 말이지만 마음 한편에서는 스스로에게 어리석다고 말하는 소리가 들려오는 것 같았다.

한성이 물었다.

"세이프존 B로 가시는 것 대신 이곳에서 플레이어들과 함께 해 주실 수 없으시겠습니까? 생존도 밖으로 나간다면 세상을 바꿀 힘을 드리겠습니다."

이들과 함께 한다면 생존도에서 살아나가는 것은 문제도 아니라고 생각했다.

어차피 생존도 밖으로 나간다면 자신은 새롭게 시작해야 할 일이 많았는데 백호와 함께 시작한다면 상당히 빠르게 일을 진척 시킬 수 있을 것 같았다.

물론 백호 입장에서는 훗날의 죽음을 피할 수 있을 지도 몰랐고 천문학적인 돈을 벌어 들일 수도 있었으니 나쁜 제안은 아니었다.

다만 백호가 자신을 얼마나 신임하고 있는 지는 아직 알 수 없었다.

잠시 생각하던 백호가 낮은 웃음을 흘리며 말했다.

"후후. 내가 잠시나마 이런 고민을 할 줄은 꿈에도 몰랐네. 나도 자네가 싫지는 않다네. 허나 이건 나 혼자 독단적으로 내릴 수 있는 결정이 아니네. 자네에게 지켜야 할 자들이 있는 것처럼 나에게도 지켜야할 고객과 대원들이 있다네. 나에게는 고객의 목숨이 자네나 이곳에 있는 플레이어들 보다 훨씬 더 중요하다네."

예상했던 답변이었다.

"알겠습니다."

한성이 말했다.

"답례로 한 가지 말씀 드리겠습니다."

"답례라면 이미 강화석에 대해 말해주지 않았나?"

백호의 말에도 불구하고 한성은 말을 이었다.

"세이프 존 B의 보스 와이즈너를 조심하십시오. 분명 고객을 인질로 삼아서라도 경호원의 힘을 빌려 달라고 할 겁니다. 그 정도로 교활한 인물이니 부디 조심하시길."

세이프 존 B로 간 후로 세이프존 B 보스 와이즈너의 회유에도 백호는 여전히 고객의 안전에만 집중하고 있었지만 막상 고객이 와이즈너의 인질로 잡히자 움직이지 않을 수 없었다.

대장 백호는 끝까지 살아남았지만 이 사건 때문에 경호원 중 상당수가 죽음을 당했다.

자신이 이들에게 미래에 관한 정보를 주어서 어떤 결과를 초래할지는 몰랐지만 경호원의 희생 역시 최소한으로 하고 싶었다.

백호의 놀랐다는 듯이 눈이 커졌다.

"그 정도 까지 알고 있나? B지역 보스 몬스터가 교활하다는 정보는 우리도 가지고 있기는 하지만 흐음… 하여간 주의하겠네."

백호는 작별의 손을 내밀었다.

한성이 손을 잡자 백호가 말했다.

"살아서 만나기를 빌겠네. 생존도 밖으로 나가면 백호 길드를 찾아오라고!"

NEO MODERN FANTASY STORY

**13. 나비효과.**

회귀의 절대자

## 13. 나비효과.

 백호가 이끄는 경호원 부대는 고객들과 함께 떠나갔다.
 원래 과거에는 한성 역시 이들과 함께 떠났었지만 지금은 달랐다.
 디케이가 죽은 이상 떠날 필요 없었고 무엇보다 많은 플레이어들이 한성에게 의존하고 있었다.
 이제 어떤 예측할 수 없는 일이 벌어질지 몰랐지만 한성은 자신 있었다.
 디케이도 잡았고 초등학생 관리자 역시 물리쳤다.
 플레이어의 레벨 역시 상향 되었으며 자신의 레벨 역시 과거와는 비교할 수 없을 정도로 높았다.
 더 이상 몬스터가 위협이 되지 않는 지금 시점에서 이제 생존도에서 빠져나갈 때 까지 걱정해야 할 것은 딱 두 개.

하나는 타 지역의 보스몬스터 이었고 다른 하나는 마지막 날 벌어지는 교관들의 기습 이었다.

일단 타 지역의 몬스터들은 서로만을 견제하기 때문에 쉽게 움직이지 못했었다.

예정대로 라면 B지역의 보스 와이즈너의 계략으로 D와 C의 보스가 싸우게 되고 보스전의 최후 승자가 결정 된 것은 98일째였다.

특별한 변화가 없다면 세이프 존 A에서 타 지역 보스를 만날 일은 없을 것이 분명했다.

교관쪽은 상대적으로 더 수월했다.

교관들과의 전투는 교관을 잡아야 하는 것이 아닌 24시간 동안 살아남기만 하면 되는 임무 이었는데 한성의 머릿속에는 교관들의 실력과 기습 위치까지 기억되어 있었다.

교관들이 가장 무서웠던 것은 아무도 교관들이 기습을 할 줄 몰랐다는 사실이었다.

보스 몬스터의 승부가 끝나고 와이즈너로부터 해방되었다는 사실에 플레이어들은 살 수 있다는 생각에 들떠 있었는데 그것이 가장 큰 실수였다.

당시 플레이어들은 아무런 방비를 갖추지 않은 채 성채에서 축하 파티를 열고 있었는데 이렇게 방심한 플레이어들에게 교관의 기습은 관리자가 내린 최후의 날벼락이었다.

하지만 지금은 상황이 달랐다.

한성의 머릿속에는 교관들의 기습을 할 거라는 사실과 기습을 할 날짜까지 기억되어 있었다.

교관들이 움직이는 시점은 생존도의 마지막 날.

그때까지는 아직 꽤 많은 시간이 있었다.

교관들의 숫자는 불과 24명.

방심을 하지 않고 대비하고 있는 상황에 자신뿐만 아니라 플레이어들의 성장 속도를 계산 해보면 충분히 막을 자신이 있었다.

지옥 같은 생존도 에서도 시간은 빠르게 흘렀다.

생존도 79일째.

플레이어들의 희생을 피할 수는 없었지만 아직까지 플레이어들은 삶에 대한 희망을 잃지 않고 있었다.

모두의 시선은 한성에게로 향하고 있었다.

하루 하루 모든 것이 한성이 예상한 그대로 움직여지고 있었다.

새로운 몬스터의 출현에 한발 앞서서 내린 한성의 지시에 몬스터의 습격은 더 이상 큰 위협이 되지 않고 있었다.

아니 이제 몬스터들은 플레이어들에게 필요한 수급품을 제공해주는 역할을 해 주고 있었다.

상위 레벨의 몬스터가 출현을 하기는 했지만 플레이어들의 성장 단계는 그 보다 더 빨랐다.

시간이 흐를수록 몬스터들은 간간히 중급 무기들을 떨어뜨리기 시작했고 가장 귀한 스킬 북 까지 나오기 시작했다.

구하기 힘든 스킬북 이었지만 어차피 생존도에서 나오는 스킬북들은 한성에게는 필요 없었다.

한성은 스킬 북이 나오면 주저 없이 플레이어들에게 나누어 주었다.

기초적인 스킬북인 탓에 큰 위력을 기대할 수는 없었지만 같은 레벨이라 하더라도 스킬을 가지고 있는 쪽과 레벨만 오른 쪽은 큰 차이가 있었다.

어느새 상위 플레이어들의 레벨은 28을 넘고 있었고 이건 지금 출현하고 있는 몬스터의 레벨보다도 상위의 레벨이었다.

이제 플레이어들은 밖으로 까지 나와 더 상급의 몬스터들을 잡으며 레벨업을 하고 있었다.

몬스터를 더 이상 두려워하지 않는 플레이어들은 몬스터의 기습이 없는 동안에도 그룹을 이루어 근처의 배회하는 몬스터들을 잡기 시작했다.

한성은 플레이어들에게 탱커와 딜러의 개념을 가르쳐 주었고 스킬 사용의 요령을 가르쳐 주었다.

플레이어들은 점점 더 익숙해지기 시작했고 위기 상황에서는 한성의 검이 빛을 발산했다.

허수아비를 때리고 있던 플레이어들 역시 성장하고 있었고 이제 모든 이들이 하나가 된 것 같은 분위기가 이루어졌다.

'해낼 거다!'

절대자를 향해 말하는 듯이 한성은 하늘을 바라보며 마음 속으로 외쳤다.

회귀를 한 자신이 더 어려운 길을 간다는 것에 절대자가 비웃을지 몰라도 한성은 해내겠다는 강한 의지를 절대자에게 보내고 있었다.

이른 아침이었지만 플레이어들은 정신없이 레벨업에 힘을 쏟아 붓고 있었다.

물론 이건 한성 역시 마찬가지였다.

'불꽃의 검!'

화르르르릇!

검에서 일어난 불길은 순식간에 목표물을 향해 뻗어나갔다.

"캬오오오옷!"

불길속에서 괴롭다는 듯이 장미 몬스터의 괴성이 울려 퍼졌다.

불길에 약한 속성을 가진 식물 몬스터 답게 장미 몬스터는 그대로 녹아내렸다.

곧바로 레벨업을 알리는 소리가 들려왔다.

[레벨업! 레벨업! 레벨 37!]

한성 역시 레벨이 37까지 오른 상황 이었다.

'상태창.'

그 동안은 큰 의미가 없어 확인하지 않았지만 이제 생존도 만렙에 가까워 졌으니 상태창을 확인해 보았다.

전과는 약간 다르게 능력치 옆에 괄호 모양이 보이고 있었다.

이름: 최한성
레벨: 37
체력: 1600 (+300)
힘: 162 (+20)
방어력: 96 (+10)

처음 레벨 1에서 시작할 때에 비해서는 비약적인 성장이 있었지만 한성의 눈에는 차지 않았다.

'레벨은 올라갔지만 중급 방어구의 특성 때문에 전체적으로 크게 올라가지는 못했다.'

괄호안 플러스 기호와 함께 적혀 있는 숫자가 아이템으로 추가된 효과 이었는데 중급 방어구의 특성상 추가 되는 능력치는 만족스럽지 않았다.

교관과 같은 레벨을 이룬다 하더라고 상급 무기를 들고 있는 교관들과는 기본적으로 차이가 날 수 밖에 없었다.

이는 교관들에게 의도적으로 유리한 이점을 주기 위함이었는데 지금 한성에게는 더 큰 이점이 있었다.

'스킬.'

생존도에서 구하려야 구할 수조차 없는 수많은 스킬들이 한성에게는 있었다.

레벨이 상향함에 따라 사용할 수 있는 몇 가지 스킬들이 더 추가 되었다.

한성은 마음속으로 생각했다.

'스킬창!'

한성의 눈에 보유하고 있는 스킬창의 모습이 떠올라왔다.

과거 속공과 증폭만 사용 가능했던 스킬창에는 새롭게 사용가능한 스킬들이 가득 들어서고 있었다.

아직 사용할 수 없는 스킬들이 훨씬 더 많았지만 일단 지금 상황에서 가장 주력으로 쓸 수 있는 스킬들을 살펴보았다.

〈달빛 베기〉
설명: 검을 사용할 경우 마나의 기운을 발산합니다.
효과: 치명타 확률 50% 상향. 쿨 타임 6 시간.

〈불꽃의 검〉

설명: 검을 사용할 경우 불길을 내뿜습니다.

효과: 불길은 마법 공격으로 적용됩니다. 쿨 타임 2시간.

〈쉴드〉

설명: 패시브! 1분간 플레이어의 팔에 보호대를 형성합니다.

효과: 팔 방어력 20% 상향. 다른 무기나 스킬과 효과 중첩됩니다. 쿨 타임 4시간.

〈버블〉

설명: 3분간 플레이어 주변으로 투명한 보호망을 만듭니다.

효과: 플레이어는 독성이 있는 공격이나 액체, 가스 공격에 면역됩니다. 하루 세 번 까지 사용가능합니다. 물리 공격에는 적용되지 않습니다. 플레이어가 기절했을 경우 패시브로 작동됩니다.

〈충격완화〉

설명: 패시브! 몸에 받은 충격을 10% 완화 시켜 줍니다. 마법공격에는 적용되지 않습니다.

〈충격흡수〉

설명: 패시브! 몸에 받은 충격을 10% 완화 시켜 줍니다. 물리 공격에는 적용되지 않습니다.

❖

아직 스킬 레벨들은 하나 같이 저 레벨을 벗어나지 못하고 있었지만 이런 고급 스킬들을 가지고 있다는 사실 만으로도 상당한 실력을 가질 수 있었다.

한성의 시선이 양 손에 들려 있는 무기로 향했다.

레벨업의 상향과 함께 무기 역시 상향 되어 있었다.

〈생존도 중급 장검〉

공격력: 60-72

등급: 중급.

설명: 생존도 최강의 장검. 치명타 확률 30% 증가. 이걸 획득한 당신은 중수!

〈생존도 중급 단도〉

공격력: 55-65

등급: 중급

설명: 생존도 최강의 단도. 치명타 데미지 20% 추가. 이걸 획득한 당신은 중수!

비록 중급 이었지만 사실상 생존도에서 획득할 수 있는 최강의 무기를 획득한 상황이었다.

양 손 모두 무기를 사용할 경우 창이나 도 같이 더 파괴력이 있는 무기를 사용할 수 없었지만 한성이 생각한 것은 치명타와 치명 데미지였다.

무기를 고를 때 초보자들이 흔히 하는 실수가 공격력만을 보는 것 이었다.

같은 등급이면 당연히 양손으로 사용하는 창이나 무기가 공격력이 더 높았지만 실제 전투에서 중요한 것은 추가 효과였다.

전설 등급이나 영웅등급의 무기처럼 무지막지한 추가 효과가 붙어 있는 무기는 생존도에서 구할 수 없었지만 아무리 중급 무기라 하더라도 추가 효과는 붙어 있었다.

오른손에 든 장검의 치명타 확률 증가와 왼손에 들은 단도의 치명타 데미지 증가는 훌륭한 조합이었다.

근접해서 싸워야 한다는 단점 때문에 초보자들은 다루기 힘들었지만 창이나 도 보다 더 빠르게 연이어 공격을 할 수 있었다.

한성의 머릿속에는 최후의 날 결전을 벌일 교관들이 떠오르고 있었다.

'이 속도라면 만렙 40까지는 가능하다. 다만 문제는 방어구와 무기. 생존도에서 지금 착용하고 있는 장비 이상의 방어구나 무기는 구할 수 없다.'

한성 입장에서는 지금 착용하고 있는 장비를 유지한 채 교관들과 겨루어야만 했다.

상급 무기와 방어구로 장비를 갖춘 교관들과의 대결에서 승리를 거둘 수 있을 지는 아직 확신이 서지 않고 있었다.

무언가 찾고 싶다는 듯이 한성은 주위를 두리번거렸다.

곧바로 찾고 있던 대상이 나타난 듯이 한성의 시선이 고정 되었다.

가디언.

다른 때 와 마찬가지로 여섯 명의 가디언들은 무리를 지어 성채 주변을 뛰어가고 있었다.

모두 다 똑같은 검은색 갑옷을 입고 있었지만 무기는 조금 씩 달랐다.

한성은 여섯 명의 가디언 중 두 명을 고른다는 듯이 검을 들고 있는 사내와 커다란 방패를 들고 있는 가디언을 노려보았다.

마치 두 NPC를 선택했다는 듯이 노려보자 지금 까지 플레이어들에게는 전혀 관심조차 없었던 가디언들 두 명이 걸음을 멈추었다.

다른 가디언들은 여전히 아무 일도 없다는 듯이 제 갈 길을 가고 있었는데 한성이 노려본 가디언 두 명은 몸을 돌리며 한성을 바라보았다.

곧바로 예상했던 기계음이 들려왔다.

[대련하시겠습니까?]

원래 가디언들은 철저하게 플레이어들을 도와주기만 하는 NPC 이었는데 플레이어가 원할 경우에는 대련을 할 수도 있었다.

 가디언은 죽었을 경우 일정 시간이 지나면 몬스터처럼 재생이 되었고 당연히 플레이어는 죽었을 경우 사망이었다.

 가디언을 죽인다 하더라도 어떤 아이템이나 경험치를 얻는 것은 아니었지만 한성은 가디언에게 대련을 신청하고 있었다.

 양 손에 착용한 검으로 공격 태세를 갖춘 한성은 생각했다.

 '가디언들은 레벨 뿐 아니라 스킬과 무기까지 교관들과 흡사하다. 실전에서 이보다 좋은 상대는 없다.'

 지금 상황에서 가디언은 자신 보다 레벨이 약간 높았고 무기 역시 한 단계 위인 상급 무기였다.

 한성이 앞서는 것은 속공 스킬의 레벨과 더 많은 공격 스킬을 가지고 있다는 사실 이었다.

 한성이 대련을 승낙하는 순간 이었다.

 조금 전 까지 아무런 반응도 보이지 않고 있던 가디언은 몬스터를 본 듯이 검을 빼어들었다.

 아무 생각 없는 NPC가 아니라는 듯이 커다란 방패를 들고 있는 가디언이 앞으로 나왔고 뒤쪽으로 장검을 든 사내가 자세를 취하고 있었다.

인간처럼 움직이는 기억 속 교관들의 전투 패턴 그대로였다.

앞쪽의 탱커가 방패를 들이밀며 앞으로 나오는 순간이었다.

거대한 방패가 앞쪽에서 달려오고 있었지만 한성의 시선은 뒤쪽에 집중하고 있었다.

'앞쪽은 페이크! 진짜 공격은 후방!'

과연 시야를 가린 방패 뒤쪽에 숨어 있던 가디언이 뛰어올랐다.

촤아아앗!

공기를 가르는 소리와 함께 검은 마나의 기운이 검 주변에서 뻗어 나왔다.

한성의 눈이 커졌다.

'보인다!'

검은 마나의 기운에 감추어 있는 검은색 검날이 보이고 있었다.

교관들의 특수 스킬중 하나가 바로 이 스킬 이었다.

'흑풍!'

폭풍 같은 바람이 일어나며 검은색 마나의 기운이 사방으로 먹물처럼 퍼졌다.

교관들은 상급의 검은색 장검을 주 무기로 사용했는데 검은 마나의 기운이 사방으로 퍼지는 스킬이 발동하는 순간 검은색의 검날은 눈으로 구별하기 힘들었다.

과거 마지막 날 자신이 죽을 뻔 한 게 바로 이 공격이었다.

당시에는 교관들보다 훨씬 레벨도 낮았고 변변한 스킬조차 갖추고 있지 못했었다.

정면으로 황소처럼 돌격해 오는 방패에 시선을 빼앗겼고 뒤쪽에 숨어 있던 교관의 공격이 진짜 공격이라는 것을 알아차렸을 때는 이미 늦었었다.

처음 보는 공격에 상대의 검날을 찾을 수 없어 그대로 일격을 당했는데 지금은 달랐다.

'피할 수 있다!'

사방으로 퍼지는 검은 마나에 가려져 있었지만 검은색의 검날은 충분히 보이고 있었다.

어둠속에서 솟구쳐 오는 검날을 피하는 것과 동시에 한성의 스킬이 불을 뿜었다.

'달빛 베기!'

촤아아앗!

먹물 같이 덮고 있었던 검은 기운 지우겠다는 듯이 달빛처럼 하얀 빛이 한성의 검에서 뻗어나갔다.

하얀색 날카로운 초승달 모양을 만든 달빛은 그대로 가디언의 몸을 날카롭게 갈랐다.

퍼어어억!

마나의 힘을 빌렸을 경우 무기는 더욱더 그 위력을 증가시키고 있었다.

가디언의 몸은 빛과 함께 터지듯이 그대로 소멸 되어 버렸다.

다음은 방패를 들고 있는 가디언 차례였다.

앞쪽의 거대 방패를 들고 있는 가디언이 앞쪽으로 나서고 있었다.

거대 방패는 가디언의 온 몸을 가리고 있었는데 회귀 전이라면 부숴 버렸겠지만 지금은 달랐다.

달빛 베기라는 스킬에 들고 있는 무기의 치명타, 치명 데미지 효과 까지 증가 되었지만 지금 들고 있는 중급 무기로 두꺼운 방패를 부숴버리기에는 역부족 이었다.

거대 방패가 한성을 향해 날아들고 있었다.

정면으로 부딪치겠다는 듯이 일직선으로 오는 방패는 스킬을 발산 시켰다는 듯이 반짝이고 있었다.

촤아아아앗!

'스턴!'

사실 거대 방패를 들고 있는 가디언의 방패 공격은 들고 있는 검 보다 더 무서운 무기였다.

지금 자신을 밀치고 있는 방패에는 상대의 몸을 마비 시킬 수 있는 스턴 스킬이 있었다.

단 1초간의 마비라 하더라도 전투에서는 치명적인 일격이었다.

'속공!'

한성의 발전체에서 불꽃이 일어났다.

속공의 레벨은 상향 되었으며 아주 미세한 속공의 증가 이었지만 가디언의 공격을 피하기에는 충분했다.

'앞선다!'

자신이 가디언의 공격을 피할 수 있다는 것은 교관의 공격 역시 피할 수 있다는 것을 의미했다.

한성의 움직임에 방패는 한성의 곁을 스쳐 지나갔고 곧 바로 한성은 가디언의 다리를 걸어 차 버렸다.

가디언이 중심을 잃고 무너지는 순간 이었다.

순간적으로 한성의 눈에 가디언의 약점 부위가 보였다.

갑옷 사이의 빈틈인 목 부위를 향해 찔러 넣었다.

푸우욱!

지금 입고 있는 방어구는 중급 무기로는 쉽게 뚫을 수 없는 상급 방어구 이었지만 목 주위의 빈틈에는 여지없이 꽂히고 있었다.

곧바로 단검이 박히는 소리와 함께 또 한명의 가디언이 사라져 버렸다.

과거에는 감히 덤벼볼 생각도 할 수 없었지만 지금의 결과는 너무나 쉽게 끝났다.

한성의 입가에 옅은 미소가 그려졌다.

이제 지금 당장 교관이랑 일대일의 대결을 벌인다 하더라도 밀리지 않을 자신이 있었다.

❖

생존도 74일 째.

관리자의 목소리가 울려 퍼졌다.

[오늘부터 마지막 날 까지는 하루에 한번만 공격이 가해집니다. 공격시간은 알려주지 않으며 1시간만 버티면 됩니다.]

교관들과의 전투를 준비하라는 관리자의 배려이었을까? 아니면 몬스터로부터 더 이상 아이템 획득을 늦추려는 의도였을까?

마지막 보름여의 기간 동안에는 몬스터의 습격이 크게 줄어들었다.

지금까지는 모든 것이 계획대로 진행 되어가고 있었다.

플레이어들은 이제 보름만 버티면 집으로 돌아갈 수 있었다.

이제 한성은 레벨 38을 달성했고 만렙 까지 딱 2 레벨만을 남겨 놓은 상태였다.

성채위에서 망을 보고 있던 누군가 외쳤다.

"세이프 타워 작동했습니다!"

한성을 비롯한 모두의 시선이 멀리 앞에 있는 세이프 타워로 향하기 시작했다.

처음 한성이 도착한 후 단 한 번도 작동하지 않고 꺼져 있기만 했던 세이프 타워가 빛을 내고 있었다.

한성이 도착한 세이프 타워는 아티팩트에서만 이동이 가능한 세이프 타워였다.

즉 지금 오고 있는 자들은 몬스터가 아닌 플레이어를 의미했다.

이동이 끝났음을 알리는 세이프 타워의 불빛이 꺼지자 플레이어들의 목소리가 울려 퍼지기 시작했다.

"저기 누군가 옵니다!"

"우와! 저 들은!"

기쁜 함성 소리는 반가운 인물임을 표현하고 있었다.

한성이 바라보자 경호원들이 돌아오고 있었다.

'아!'

자신의 입에서 탄성이 튀어 나왔다.

자신의 행동으로 인해 생존도의 큰 흐름이 바뀌어 졌다.

꿈이 아니라는 듯이 백호를 필두로 경호원들이 세이프 존 A 입구로 들어오고 있었다.

원래 이들은 세이프 존 B로 간 후 지내고 있었는데 한성이 말한 것처럼 와이즈너는 이들의 고객을 인질로 삼으려 했다.

설마 했던 한성의 말이 사실로 이루어지자 경호원 그룹은 세이프 존 A로 가는 것이 더 좋다고 생각했고 결국 이들은 돌아온 셈이었다.

성채 위의 플레이어들이 모두 다 경호원들을 바라보고 있는 가운데 백호가 검을 뽑으며 말했다.

"오늘부터 우리는 플레이어들의 경호를 한다!"

지금까지 플레이어들을 외면했었던 경호원들이었지만 어찌 된 일인지 백호는 플레이어들을 보호하겠다고 선언하고 있었다.

당연히 플레이어들에게 이 보다 좋을 수는 없었다.

와! 와! 와!

플레이어들은 경호원들에게 박수와 함께 함성을 내질렀다.

만렙의 레벨과 플레이어들과는 비교할 수 없을 정도로 뛰어난 무기를 들고 있는 경호원들은 바라만 보고 있어도 든든하게 느껴져 오고 있었다.

적대심을 가지고 있었던 대원들 역시 한성에게 호의를 보여주고 있었다.

부대장은 이성욱을 비롯해 몇몇 이들은 아직도 얼굴에 썩은 미소를 짓고 있었지만 대다수는 와이너즈를 피해 이곳에 왔다는 사실이 기쁜 듯이 환하게 웃고 있었다.

뜨거운 박수갈채를 받으며 경호원들은 성채 인으로 입장하기 시작했다.

한성이 경호원들의 숫자를 세고 있을 때였다.

경호원 중 한명이 함박웃음을 지으며 한성을 향해 손을 흔들었다.

한성은 자신도 모르게 웃고 말았다.

자신을 향해 손을 흔들어 주고 있는 사내는 처음 검을

빌리려는 시도를 했을 때 장미 몬스터를 피하라고 말해 준 사내였다.

원래대로라면 사내는 장미 몬스터에게 죽었어야 했는데 장미를 조심하라는 자신의 말을 들은 탓인지 지금 눈앞에서 환하게 웃고 있었다.

'또 구했다.'

자신의 행동에 신이 감동했는지는 몰라도 상황은 계속해서 긍정적인 쪽으로 진행되어 지고 있었다.

백호를 제외하고도 경호원의 숫자는 무려 열한 명.

천군만마를 얻은 듯 했다.

경호원들이 합류를 한 기쁨이 가시기도 전에 백호와 한성은 방안에서 단 둘이 있었다.

한성이 말했다.

"다시 돌아와 주셔서 감사합니다."

감사를 표하고 있었지만 백호의 얼굴은 어두웠다.

"감사할 필요 없네. 우리로서도 이곳이 더 안전하다고 생각해서 결정을 내렸을 뿐이니. 이건 자네를 위한 것이 아니라 우리를 위한 것이네. 아니 솔직히 말해 큰 문제가 생겼는데 말이야……."

백호가 지난 일을 설명하기 시작했다.

"세이프 존 B에 도착한 직후 상황을 살펴보았네. 세이프 존 B의 보스인 와이즈너는 우리가 보스 몬스터들의 싸움에 힘을 빌려주지 않을 거라는 것을 알고 있었는지 처음에는 우리에게 그 어떤 요구도 하지 않았다네. 믿기 힘들었지만 자네가 말한 것이 있어서 와이즈너의 행동을 주시했다네. 과연 어느 정도 시간이 지나자 본색이 드러났고 자네의 말대로 이루어지더군. 이 순간 소름이 돋더군. 자네는 미래를 보고 있나?"

백호의 질문에 한성은 뜨끔했다.

다행이 백호는 진지하게 묻고 있지는 않았다.

백호의 말이 이어졌다.

"하마터면 고객들이 모조리 인질로 잡힐 뻔 했어. 고객 한명과 경호원 두 명이 희생 되었네."

자신의 기억으로 과거에는 고객 한명과 여섯 명의 경호원이 희생 되었었다.

피해를 완전히 막지는 못했지만 네 명의 목숨이 살게 되었다.

백호가 고개를 갸웃거리며 말했다.

"와이즈너는 참으로 교활해. 힘만 내세우는 디케이와는 달라."

지금까지는 한성이 예상했던 그대로였다.

다만 변화는 생겼다.

한성이 조언을 해 준 탓에 백호는 고객을 지킬 수 있었고 과거와는 다르게 세이프 존 A 로 돌아온 상황이었다.

잠시 말을 멈추었던 백호가 말을 이었다.

"일단 피하기는 했지만 와이즈너가 이곳 까지 올까 겁이 나는군. 우리를 놓쳤다고는 했지만 그냥 이대로 물러설 것 같지는 않다네. 와이즈너는 스스로의 힘으로는 타 지역의 보스를 이길 수 없다고 생각하는 것 같아. 이곳에서 디케이가 죽었다는 사실을 아직 알지 못하고 있는 것 같은데 디케이가 죽었다는 사실을 알게 된다면 분명 우리의 힘을 얻으려 할 것 같네."

나비 효과는 또 다른 나비 효과를 만들어 내고 있었다.

백호의 말을 듣는 순간 한성의 머릿속에서 불안한 생각이 스치고 지나갔다.

'지금 까지는 유리하게 상황이 진행 되었다. 하지만 나비 효과가 반드시 유리하게만 진행 되어질 수는 없다.'

곧바로 한성의 머릿속으로 C와 D지역구 보스 몬스터의 모습이 떠올라왔다.

디케이와 와이즈너가 아닌 다른 두 명의 보스몬스터는 차원이 다른 보스 몬스터였다.

C 와 D 지역구 보스 몬스터들은 디케이나 와이즈너와는 비교할 수 없을 정도로 거대했고 말 그대로 HNPC 라는 상상이 가지 않을 거대 몬스터 중의 몬스터였다.

한성이 직접 겨루어 보지는 않았지만 최후의 순간을 본 기억은 아직까지 생생하게 남아 있었다.

10M에 육박할 정도로 거대한 두 괴물이 서로의 몸을 찌르며 같이 죽어간 모습은 너무나 강렬했다.

사실 생존도에는 모두가 모르는 비밀이 하나 있었다.

플레이어들은 생존도의 주인공들이 플레이어 자신이라 생각하고 있었지만 실상은 달랐다.

생존도에서 진행되는 것은 플레이어들의 생존 보다는 천상계로 보낼 보스 몬스터의 양성 장소였다.

천상계.

말 그대로 다른 차원에서 벌어지는 전쟁.

지구에서 얻을 수 있는 아이템과 비교할 수 없을 정도로 뛰어난 아이템이 떨어지는 장소였다.

강화석은 물론이고 희귀 강화석, 불치의 병을 치료하는 것은 물론이고 인간의 수명 까지 늘릴 수 있다는 최상급 정수, 전설 무기를 만들 수 있는 재료 등등 천상계는 인간이 거부하기에는 너무나도 큰 유혹을 주는 곳 이었다.

각성자들은 천상계로 보내져 여러 가지 임무를 수행하였는데 문제는 희생이 너무나 컸다.

더 상위의 지역으로 갈수록 몬스터들의 강함은 상상을 초월했고 어렵게 양성한 상급 플레이어들은 더욱더 쉽게 목숨을 잃었다.

또한 인간은 배신이라는 것을 했으며 인간이라는 나약한 몸의 한계는 전설 등급의 무기들이 낼 수 있는 한계를 넘어서기가 힘들었다.

HNPC를 만드는 이유가 바로 인간을 대처할 수 있는 최종병기를 만들기 위해서였다.

인간과 몬스터의 조합.

인간의 장점과 NPC의 장점을 결합하여 만든 HNPC의 프로젝트가 생존도의 주된 목적 이었다.

아이러니 하게도 이 시기 생존도 보스 몬스터 중에 최후의 승자는 실력이 훨씬 더 떨어지는 와이즈너 이었는데 그 역시 생명이 길지는 않았다.

천상계로 보내진 후 와이즈너는 차원이 다른 몬스터들에게 곧바로 죽게 되었는데 와이즈너의 실패 후 20년이 지난 후 까지도 HNPC 중 최종 병기로 인정된 자는 단 한명도 없었다.

백호가 말했다.

"하여간 와이즈너에 대한 경비를 갖추고 있어야 할 것 같네. 와이즈너의 실력이 어느 정도 인지는 알 수 없지만 최악의 경우도 대비해야 할 것 같다네."

백호는 아직 와이즈너의 실력을 정확하게 알지 못하고 있었지만 한성은 알고 있었다.

와이즈너가 다른 두 보스만큼 위력적이지는 않았지만 자신의 레벨이 상향되고 경호원들까지 있는 지금 이기지 못할 상대는 아니었다.

'과거 세이프 존 B에서 보았던 와이즈너의 실력은 디케이 보다는 뛰어났지만 다른 보스 몬스터들과는 비교 할 수

없을 정도로 미약했다. 하지만…….'

백호가 한성이 생각하고 있는 최악의 상황을 말했다.

"현재 세이프 존 B에 있는 플레이어의 숫자는 860명이네."

백호가 생각한 최악의 상황은 바로 플레이어와 플레이어의 대결이었다.

"860명."

한성이 나지막이 중얼거렸다.

와이즈너가 이쪽을 노린다면 결코 혼자 올리는 없었다.

"물론 그쪽 플레이어들의 레벨은 이쪽 보다 훨씬 낮으니 큰 위협은 되지 않겠지만 말이야……."

백호는 말끝을 흐렸지만 의중은 충분히 읽을 수 있었다.

플레이어의 숫자가 문제가 아니었다.

'허나…. 희생을 피할 수는 없다.'

만일 와이즈너가 B 지역구 플레이어들과 동시에 덤벼든다면 와이즈너를 제압한다 하더라도 플레이어들에게 큰 희생이 있을 것은 피할 수 없는 일이었다.

세이프 존 B에 있는 플레이어들 역시 똑같이 생존도로 끌려온 플레이어들이었다.

지금 까지 한성은 세이프 존 A의 플레이어들만 생각했는데 이제 타 지역의 플레이어들의 생사까지 자신의 손에 올려 진 느낌이 들고 있었다.

백호가 말했다.

"만일의 사태를 대비해서 세이프 타워를 24시간 동안 감시하도록 하겠네."

세이프 존 끼리의 거리는 상당했고 중간에는 몬스터들이 가득했기 때문에 만일 단체로 공격을 한다면 이들이 올 수 있는 방법은 아티팩트를 이용해 세이프 타워로 오는 방법밖에 없었다.

한성의 머릿속에는 플레이어들끼리 피할 수 없는 혈투가 벌어지는 모습이 그려지고 있었다.

〈2권에서 계속〉